我和班上第二可愛的女生成為朋友 ②

たかた ［插畫］日向あずり

Kadokawa Fantastic Novels

CONTENTS

I became friends
with the second cutest girl
in the class.

目錄

CONTENTS

回過神來才發現，有兩個人隔著桌子在爭吵。

——為什麼你老是這樣？為什麼都不跟我說？

在我看來坐在左側的人如此說道，然後哭了。

至於坐在另一邊的人是誰呢？

眼前的人一直在哭，那個人卻什麼話也不說，默默看著她。

不要哭。我想對正在哭的人這麼說。

我想對她說，怎麼了？不要哭。什麼事情讓妳這麼傷心，跟我說。

然而，無論我如何伸手，卻什麼也碰不到。

反而愈是伸手，這個人就離得愈遠，即使想說幾句安慰的話，莫名就是說不出口。

——沒辦法。雖然抱歉，還是要妳諒解。

在我看來坐在右側的人說了這句話，迅速起身。

他的個子非常高，但是無論我如何凝神確認，就是看不清楚他的臉。

你要去哪裡？眼前這個人在哭，你不打算安慰就要走開嗎？

可是即使我想這麼說，仍然說不出口，沒辦法叫住那個人。

等一下，不要走。

不知道他是否終於聽見我的呼喊，這個人停下腳步，用大大的手摸我的頭。溫柔的，大大的，溫暖的手。

我曾經那麼喜歡他的手。

——對不起喔，真樹。

這個人摸了我的頭之後，以落寞的聲音叫了我的名字，然後就這麼離開——

「————唔！」

在這個瞬間，我整個人為之驚醒。

「是夢嗎……」

我慢慢重複深呼吸穩定心跳，同時想起先前所作的夢。

不經意地看一下手機，時間還是深夜三點。由於我習慣比較晚睡，因此哪怕絕對不算好入睡的類型，只要睡著幾乎都是一覺到早上，不太會睡到一半醒來，所以真的已經好久沒有像這樣作惡夢而醒來。

這才發現上半身滿是汗水，貼在背上的內衣感覺很不舒服。這樣下去會一直很難受，所以乾脆脫掉內衣，從衣櫃裡拿出新的換上。

「明明上了高中以後都不曾夢到了……」

我把汗濕的內衣丟進洗衣機，然後在冰箱前拿起保特瓶裝的礦泉水喝了起來，一個人自言自語：

「不過，對了……之前我都忘了，已經要滿一年了嗎？」

放在客廳的數位時鐘標示已經進入十二月。

到了今年的聖誕夜，我的雙親離婚就要滿一年。

序章

冬天的平日早晨讓我感到非常憂鬱。

首先是起床就很冷。昨天晚上我鑽進被窩，花了好多時間才達到最舒適的溫度，卻非得離開被窩不可。

因為我必須要去上學。

雖然學業成績不差，但我並不是喜歡念書。在學校趴在桌上假睡，側目看著班上同學們開心聊天，已經變成我的例行公事，但是連裝睡都膩了，最後剩下能做的事只有念書。

沒有熟人也沒有朋友，能做的事也很有限。所以遠比在家無聊，而且獨自待在教室就會覺得沒有自己的容身之處……因為有這樣的情形，我不是很喜歡冬天。

……這就是直到不久前的我。

是認識朋友之前的我。

至於現在又是如何呢。

在設定的鬧鐘響起的五分鐘前，我就完全醒了。

週末假期過去，從今天起就是十二月。今年也只剩一個月，但是街上多半正為了迎接聖誕節、除夕，以及過年而進行準備，應該會是最忙碌的一個月吧。

在出版社上班的家母前原真咲，進公司與回家的間隔也在這個月變得最長，母子能夠見面的時間變得最短。

看了一下手機，發現在我起床前的大約一個小時。

『（母） 上班。』

她發了只有兩個字的訊息給我。

每天辛勤工作真是辛苦了。

「……雖然很冷，還是差不多該起床了。」

雖然鬧鐘還要過一會兒才會響，但是昨天我並未熬夜，睡眠時間很充足，所以意識格外清醒。

好不容易擺脫再睡一會兒的甜蜜誘惑起身，手機就像是算準時機一般響了。

朝螢幕看了一眼，上面顯示著「朝凪海」這個熟悉的名字。

「……喂？」

『喔，響一聲就接了。早啊，真樹。聽你的聲音似乎有乖乖起床呢。好棒棒。』

「還好啦，昨天有好好睡……還有，謝謝妳打來叫我起床。」

『嘻嘻，不客氣。雖然早了點，但是我來接你了。我們一起上學吧？』

「嗯。妳該不會已經到附近了吧？」

在我發問的瞬間，耳朵聽到叮咚一聲，家裡的門鈴告知有訪客上門。

看樣子她已經來到公寓一樓。

「門我開了，妳直接進來吧。我去洗臉。」

『嗯，ＯＫ。』

我下床打開入口與玄關的門之後，直接走到盥洗間，用冰涼的水潑臉，洗去臉上揮之不去的睡意。

「……頭髮倒是沒有那麼亂。」

先用毛巾擦臉，看看鏡子裡自己的臉，再用梳子簡單梳理頭髮。

以往我都因為水太冰而沒有好好洗臉，也不管頭髮睡到亂翹，但是現在這樣的動作也已經逐漸變成習慣。

「打擾了～呼，感覺今天又更冷了呢。欸，真樹，我想喝咖啡。」

「妳一進來就很隨興耶。不過我也要喝，所以是無所謂啦。」

我整理了一下瀏海，然後走向海在等我的客廳。

或許是因為天氣冷，海已經鑽進暖桌裡一邊吃著放在桌上的橘子，一邊用遙控器打開電視不停轉台。海像這樣早上過來接我才沒經過幾天，但是該怎麼說呢，她已經完全融入了前原家。

「早啊，海。來，妳點的咖啡。」

「謝啦。喔，沒想到今天還挺像樣的。雖然睡衣還是很土。」

「這件最暖啦。而且妳自己之前也穿著這個睡覺。」

「呵呵，這麼說也沒錯。多虧了那件事，我也買了一件和真樹一樣的。欸，你要好好負責喔？」

「負什麼責啦？」

「嗯～……精神賠償？就是我的支出。」

「那個一件才一千多吧？說什麼負責賠償，這個賠償費還真便宜。」

「咦？你說誰是廉價的女人？」

「我沒說到那個地步……」

一邊說著言不及義的對話，一邊與海共度走出家門之前的這一小段時間。

雖然我平常不太會說話，但是只要跟海在一起，就能把腦中浮現的念頭直接說出口。

想必是海說話和傾聽的方法很高超吧。只要跟她說話，時間真的一轉眼間就會過去。

「喔，糟糕，已經這個時間了。真樹，我們差不多該出門了，要不然會遲到。快點，我等你，先去穿上制服。啊，如果不介意，要不要我幫你穿？」

「我不是需要人照顧的小孩……我馬上回來，妳先關掉暖桌和電視。」

「嗯。那麼門窗我也先鎖好。」

我把家裡的事交給海處理，自己返回房間快速換上制服。

讓女生在門外等我，把手伸過衣服的袖子——仔細想想，就覺得這個狀況很不得了。

雖然我們是這樣的交情，但是我和海還「不算」男女朋友。

「雖然我們說好……依照我們的步調慢慢來，可是總有一天得好好答覆才行吧。」

我們成了朋友，然後迎來校慶，還發生了跟天海同學的那些事。

在面對這些事的過程中，兩顆心的距離也愈來愈近。

「真樹～？你換好衣服了嗎？再不快點我要丟下你喔～」

「啊，抱歉，我馬上過去。」

雖然要想的事情怎麼想也想不完，不過關於我與海的事還可以再延一陣子吧。

沒問題，這個月是十二月，是各種活動琳瑯滿目的季節，多得是適合回答的時機。

「久等了。對了，今天天海同學呢？」

「夕說她已經出門，在途中會合。」

「這樣啊。那得快點才行。」

我們先檢查沒有忘記任何東西，然後一起走出家門。

「……欸，真樹。」

「什麼事？」

「我說啊，今天，很冷，對吧？」

「嗯，很冷……那麼在和天海同學會合前，要不要牽手？」

「……嗯。」

我與海一邊找藉口說這是因為今天特別冷，一邊悄悄地十指交握。

之前總是孤伶伶一個人的我，交到了朋友。

而且還是個可愛到我配不上的女生。

大家還是一樣說她是「第二可愛」，然而對我來說——

和朋友共度的第一個冬天才正要開始。

1. 和「朋友」的十二月

我與海在將來要成為男女朋友的前提下以朋友的身分來往，但是與先前相比，並沒有什麼太大改變。

在一起的時間確實比以前更多。就像今天早上這樣，只要海的時間方便，偶爾會來接我，而且回家路上也有一段路可以一起走，所以放學後會和天海同學一起回家。

只有我們兩人一起玩的週五與先前沒有任何不同。談話的內容也都是些沒營養的話題，例如出了什麼新的披薩，那裡的可樂放了太多香料反而不好喝等等。而且我們兩個人玩遊戲時也是一樣。

「咦？我又贏了耶，這樣是幾連勝來著？」

「啥？去死啦。」

類似這樣，我們還是互相挑釁，度過非常平穩的時光。

兩個人一起笑著看電影，一起躺在沙發或是床上看漫畫，睏了就直接睡，有時不知不覺間睡到非回家不可的時間，我才趕緊送海回家。

做的事情實在太過一致，有時候也會不經意「我們好歹互相喜歡吧……？」感到擔心。

（……果然還是應該至少接個吻嗎？）

我無意間看向身旁海的臉……不，是看著海水嫩的嘴唇。

——嘴唇就等我們正式交往再說。

我想起了第一次被海親（臉頰）時的情形。

雖然有點被突襲的感覺，即使只有那麼短短一瞬間，但是當時臉頰上的感觸，我到現在還記得清清楚楚。

就近聞到海身上的甜美氣味，以及像棉花軟糖一樣柔軟又很有彈性的濕潤嘴唇。

自從那次以後，每次我一看到海的臉，目光就會忍不住移向嘴唇。

「嗯？真樹，怎麼啦？」

「唔！啊，沒有，沒什麼……」

被海發現我一直看著她，我反射性移開目光。

多半被海看穿了吧。畢竟我不太會掩飾，而且海又對別人的視線挺敏感的，包括我現在的心意在內，想必全都瞞不過她。

話雖如此，海也不會因為看穿就追問到底。

「唔！啊，真樹，這麼說來你今天塗護唇膏了嗎？你的嘴唇好乾。」

「啊～……這麼說來我的剛好用光了，不過也沒什麼關係啦。」

「真是的，果然沒錯。夏天就算了，冬天這麼乾燥的時期……不可以這樣。真樹的嘴唇本來就偏乾燥，放著不管的話，嘴唇很快就會滿是皸裂。」

「是、是嗎？那麼今天回家路上再去藥局買護唇膏，總之先用舌頭沾濕……」

「這也不可以～！話先說在前面，要是用這種方式隨便應付，嘴唇遲早會裂開出血的。來，轉過來。」

「咦？做什麼？」

「還能做什麼，想也知道是塗護唇膏吧？來，今天用我的護唇膏幫你塗。」

海邊說邊從制服口袋裡拿出護唇膏，非常自然地伸向我的嘴唇。

看來海是要幫我塗，可是……四周沒有旁人所以不用擔心，但應該還有別的問題吧。

「我說啊，這個護唇膏該不會是海平常用的吧？」

「那當然啦。我又不會帶個兩、三條護唇膏去學校……啊，哈哈～真樹同學莫非是在擔心間接接吻嗎～？」

「唔……這……這當然……畢竟我們……」

「嘿！」

「嗯唔——」

畢竟我們還只是朋友——在我說出這句話之前，海二話不說用護唇膏塗抹我的嘴唇。

連嘴角都塗得很仔細，不留任何死角。

我乾燥的嘴唇逐漸找回滋潤。

「……好，這樣就沒問題了。啊，還有回家路上我介紹推薦的給你，所以放學後一起回家吧。不可以因為不是週五就丟下我，自己一個人回家喔？」

「我、我知道了……可是，這樣好嗎？」

「嗯？什麼好不好～？」

海露出惡作劇的表情湊過來看我。

可惡，海這傢伙，一定要逼我全都說出來嗎？

「就、就是間接……啊。剛才不也說了嗎？」

「啊～這件事。我不在意喔。因為……」

如此說道的海從口袋裡拿出一條同款的護唇膏。

「我幫真樹塗的是全新的。」

「……咦？」

既然是全新的，也就是還沒有人用過。

間接接吻當然也不成立。

「這……妳剛才還說不會帶兩三條去學校。」

「因為我有想到真樹很邋遢，搞不好沒塗……呵呵，你以為是我用過的護唇膏，所以心動了嗎？」

「也沒有……我早就隱約猜到大概是這麼回事了。」

「喔～？哼～？嘴巴雖然這麼說，其實在想『這就是海的嘴唇的味道嗎……！』吧？」

「不不不，我才沒有那麼怪……」

海說得沒錯，坦白說我有稍微這麼想，但是不想繼續被捉弄，不由得逞強反駁。

「是嗎？那麼今天就這麼放過你。啊，這個給你吧，暫時就先用這個定期護理嘴唇，知道嗎？」

「唔……好好好，知道了。」

「哼哼，很好。那麼我們稍微加快腳步吧。夕說她已經到碰頭地點了。」

「啊，嗯。」

與海的來往變得更加親密確實令我很開心，總覺得比起以前更加被海玩弄於股掌之上。

「啊，對了真樹。」

「嗯？又有什麼事？」

「等我們更要好一點，兩個人共用同一條護唇膏吧？」

「呃……也就是說——」

「……嗯。」

不是各用一條同樣款式，而是兩個人共用一條。

「真樹沒辦法接受嗎？」

「不，我沒關係……這個，只要海不嫌棄就好。而且這樣有特別的感覺，挺好的吧？」

「是、是嗎？那太好了……嘻嘻。」

為此感到難為情的海放開我的手，快步跑向正在遠處揮手的天海同學。

在此同時，海也和先前親我臉頰時一樣滿臉通紅。

「……啊啊，真是的。」

我握著海送我的護唇膏，再次體認到一件事。

我的「朋友」很狡猾，而且非常可愛。

自從認識海這個好朋友之後，無聊的生活也逐漸迎來變化，而且這些變化也開始影響到校內狀況。

具體來說，就是與海以外的同班同學之間的關係。

「早啊～海！」

「好好好，早啊，夕。妳還是老樣子，這已經是今天第二次打招呼了吧。」

一抵達教室，和我們一起走進教室的天海同學便一把抱住海。

她們兩人在校慶前後，關係曾經一度出問題，但是在互相坦白自己的心意，互相道歉之後，已經回到與以往無異的和睦關係。

天海同學以有如太陽的滿臉笑容向海撒嬌，而海儘管對好朋友感到很傻眼，也以一臉歡迎的表情讓她盡情撒嬌。

她們兩人的舉動足以讓我們班上的氣氛因此變得開朗或陰沉，所以如果可以，我希望直到下次重新分班前，她們都能維持這樣的關係。

「早啊～阿夕，還有朝凪。」

「啊，新奈仔，早啊～」

「早啊新奈。」

「還有委員長也早。」

「早、早安……」

我們和先到教室的新田同學打招呼，但是有一句話讓我覺得不對勁。

「新田同學，妳說的『委員長』是怎麼回事？那是指我吧？」

「咦？嗯。你是校慶的執行委員，所以是委員長。理所當然吧？」

「不不不，才不是理所當然。而且我也不覺得自己成了領袖……」

校慶順利結束，我們班的展示內容在校內學生之間也得到相當好的評價，還在校慶結束後的全校集會受到特別表揚。

證據就是教室角落放著學生會長頒發的獎狀與獎杯，也因為這份功勞，班上同學看我的眼光逐漸有了改變。

不過就算是這樣，「委員長」這個綽號還是不太對吧。

我覺得正常叫我「前原」就好。

「喔，這種細節就別計較了。總而言之，以後我們應該會慢慢比較有話說，請多指教。那麼委員長，我馬上有個問題想要請教，你和朝凪最近如何——」

「新、奈～？」

「唔……不不不，朝凪同學，我只是稍微開個玩笑，開玩笑。所以還請妳高抬貴手，收起鐵爪功……」

「……真受不了。」

從情侶牽手事件以後，本以為會惹來更多閒言閒語，但是似乎多虧了海緊盯全班，儘管感受得到視線，依然得以度過相對平靜的時光。

「那、那麼前原，我們往這邊。」

「嗯、嗯。朝凪，那就晚點再聊。」

我們的關係已經眾所皆知，但是我們在班上的相處方式還是和以前一樣。

我們在學校裡依然保持距離，只有兩人獨處時和睦相處。

不過就算是這樣，也有些人會和剛才的新田同學一樣，積極過來捉弄我們。

「……嗯呵呵～」

「……夕，妳好像有話想說。」

「沒有啊～」

天海同學十分了解我們的狀況，於是一邊竊笑一邊看著兩個朋友。

即使海隨時盯著，唯獨無法限制天海同學的行動。更正確的說法是已經放棄了。

我和海的關係變得親密，一起行動的時間增加，照理來說會導致海陪伴天海同學的機會減少，然而——

她最近似乎找到某種「樂趣」。

「海，為什麼妳和真樹同學那麼疏遠？該不會發生了什麼令人害羞的事吧？」

「啥、啥啊？又、又沒發生什麼事。」

海明顯變得慌張。

隨著我與海的關係變得更好，上次是親臉頰，這次是護唇膏，只有我們兩人獨處的時候，都會有一些很難說是朋友之間該有的親密舉動，所以有很多虧心事。

「哎呀呀？海，妳怎麼了？感覺妳的臉比平常紅喔～？」

「這、這個嘛……對、對了。我看一定是空調害的吧？」

「呵呵，海好可愛喔♪」

「嗚……這、這個臭章魚……！」

這個興趣真是了不起。

我遠離打打鬧鬧（或者說有一半已經打起來了）愈演愈烈的兩人，回到自己座位上，口袋裡的手機一如往常開始震動。

『（朝凪）剛剛那個才不是那樣。』

『（前原）海真的好可愛喔。』

『（朝凪）你似乎也不要命了啊。』

『（前原）對不起。』

『（前原）對了，我要換個話題。』

『（朝凪）嗯？什麼事？』

『（前原）沒有，也不是什麼大不了的事。』

『（朝凪）嗯。』

『（前原）就是……關於聖誕節的事。』

我提起打從進入十二月之後就一直很在意的事。

雖然只是現階段的計畫，但是我打算在聖誕夜向海告白。

雖然我暫時擱置答覆，姑且維持朋友的關係，即使如此，我想著她的時間還是日復一日增加。

……我想好好表明自己的心意，和海正式成為男女朋友。

雖然在聖誕節告白也許太過理所當然，不過要是選在奇怪的時機告白，又會讓我覺得未免太不懂察顏觀色。

同時因為雙親的關係，讓我對聖誕節沒什麼美好的回憶，但是我也不想一直放不下這件事，讓海有所顧慮。

正因為如此，我想在這個時機創造美好的回憶。

我等待海的回覆，過了一會兒只收到一句話。

『（朝凪）……你好色。』

『（前原）為什麼會變成這樣啊。』

『（朝凪）因為這是在邀我共度聖誕節吧。』

『（朝凪）邀我到真樹的房間一起度過。』

『（前原）好吧，是這樣沒錯。』

『（前原）我只是想到媽媽會因為工作忙碌而不在家，所以可以不用顧慮她，盡情悠悠哉哉。』

『（朝凪）看吧。』

『（前原）……我的確也認為有很多人在做那種事啦。』

忘記是在哪裡聽說過這樣的統計資料。

情侶共度的聖誕夜……雖然不知道符不符合我和海的情形。

『（朝凪）算了，玩笑就開到這裡，要做什麼？』

『（前原）　我想如果海要過來，就做個蛋糕吧。』

『（朝凪）　真的假的？真樹會做蛋糕？』

『（前原）　算吧，而且也有材料和調理器具。』

『（朝凪）　咦，真樹是外星人嗎？』

『（前原）　不，地球人。』

在我看來，能夠從巧克力提煉（※根據天海同學的說法）木炭狀物體的朝凪更像是外星人，不過說了她會生氣，所以我不會說。

『（朝凪）　真樹親手做的蛋糕啊～我是很想排進計畫裡啦。』

『（前原）　……聽起來像是已經安排了節目？』

『（朝凪）　嗯。從很久以前就說定了。』

『（朝凪）　咦？真樹，你不知道關於聖誕派對的事嗎？』

……派對。

這次輪到我好一陣子無法回應。

關於聖誕派對。

根據海的說法，打從暑假之前就有在討論，預定包下市民活動中心的一個空間，由包括我們高中在內的周邊高中聯合舉辦帶有聯誼性質的活動。

企劃、立案是由城東高中——也就是我們學校負責，至於提案人則是學生會長。據說是想讓正在準備大考的三年級學長姊有個機會可以透透氣，玩得開心，因此才會有此企畫。

參加費用是三千圓，而且報名早已截止。

這麼說來，記得在第二學期的開學典禮當天，老師似乎就提過這件事。只是當時的我還沒有被海找到，處在更加邊緣的彆扭時期，所以——

「跟我無關」。

如此心想的我完全沒有把話聽進去。現在回想起來，我究竟做了什麼蠢事啊。

就是這樣，海在聖誕節的行程似乎早已排好。

『（朝凪）　話雖如此，我只是陪夕一起去。而且到了現在，不管是我還是夕也都不是那麼期待。』

『（前原）　天海同學也是？我對她的印象倒是覺得她最喜歡這種活動了。』

『（朝凪）　嗯。她原本很喜歡，也很期待。不過啊。』

『（朝凪）　這次的派對，參加學校也包括那間。』

『（前原）　哪間？』

『（朝凪）　橘女子。』

『（前原）　啊啊……』

話說到這裡，我也隱約能夠猜到。

那是她們兩人待到國中的學校，對海來說是個關係匪淺的地方。

既然這間學校參加，也就表示她們兩人有可能參加。

之前過來我們學校校慶的二取同學和北條同學。

對天海同學與海來說，是另外兩個兒時玩伴。

我沒有詢問校慶之後，她們與那兩人的關係有什麼變化，但是從海的語氣推測，想必是在那之後就疏遠了。

我和海能夠大幅拉近心靈的距離，是拜校慶所賜，然而作為代價，當然也失去了一些事物。而且付出代價的人不是原本就和她們有過節的海，而是完全不知情的天海同學。

雖說是無可奈何，但是對於這件事，無論我還是海都感到過意不去。

『（朝凪）　然後參加費也已經付了，而且也有請大家儘量避免取消，所以我們說好兩個人去大吃一頓就回家。』

『（朝凪）　所以傍晚到晚上的那段時間差不多就是這樣。』

『（前原）　這樣啊。那就沒辦法了。』

已經安排行程雖然遺憾，但是取消又會給主辦的學生會添麻煩，關於這點實在沒轍。

『（朝凪）　啊，可是啊。』

『（前原）　怎麼了？』

『（朝凪）　這個，派對結束的時間大概是晚上八、九點吧。最晚也就這樣。』

『（朝凪）　所以，這個，你懂吧？』

派對是在這個時間結束。

也就是說之後的時間還空著。

『（前原）　知道了。』

『（前原）　那麼我還是準備一點小東西。』

『（前原）　還有也會先跟媽媽聯絡，說會玩到晚一點。』

『（朝凪）　麻煩你了。』

『（朝凪）　我也會跟媽媽聯絡。』

『（朝凪）　跟她說搞不好，這個。』

『（前原）　……搞不好？』

『（朝凪）　就是。』

看到海下一則訊息的瞬間，我的心臟忍不住怦咚一聲。

『（朝凪）　搞不好會玩很晚才回家。』

聖誕節。

是個和家人、朋友，或是情人等自己重視的對象一起度過的日子……我是這麼想的。

然後這天晚上。

我抬起頭來，朝正好坐在對角線的海看去，於是兩人的視線就這麼對上了。

「……唔！」

我的臉頰瞬間發燙，不由得趴在桌上。

我偷瞄了一下海，發現她也和我做出一模一樣的反應。

『（前原）呃……妳好色？』

『（朝凪）嗚。』

『（朝凪）囉唆，笨蛋。』

『（朝凪）壞心眼。』

『（朝凪）追根究柢都是你不好。』

『（朝凪）是你突然邀我一起過聖誕節的。』

『（前原）要說我完全沒想到這種事，那就是在騙人。』

我當然也有自己的打算。而且坦白說，我也有些不懷好意的想像，好一陣子都感到坐立難安。

話說我們從一大早就在搞什麼啊。

只要想到如果被別人看到這個模樣，頓時覺得很難為情。

『（朝凪）總之暫時先不提聖誕節的事。』

『（前原）也對。』

『（前原）可是這麼一來天海同學有點可憐啊。』

『（朝凪）　嗯，我也這麼覺得。』

『（朝凪）　所以搞不好會帶夕一起去。』

也許這樣反倒比較好。無論是我還是海，都不希望海來我家這件事，搞得好像是在排擠天海同學。

『（前原）　在天海同學面前實在抬不起頭來啊。』

『（朝凪）　就是啊。』

『（朝凪）　夕的內心比外表還要天使。』

『（朝凪）　明明自己最近也有很多麻煩事。』

『（前原）　麻煩事？』

『（前原）　校慶之後發生了什麼事嗎？』

『（朝凪）　嗯。』

『（朝凪）　提示：聖誕節。』

『（前原）　啥？』

『（朝凪）　好吧，我想你很快就會知道答案了。』

『（朝凪）　今天午休時間有事找你。我們一起吃飯吧？』

『（前原）　嗯。我沒問題。』

我和海暫時先聊到這裡，把手機塞進口袋裡。

「海怎麼了？妳的臉是不是有點紅？」

「有一點。對了，今天放學後要不要兩個人一起出去玩？我有些話想跟妳說。」

「當然好！欸嘿嘿，妳想說些什麼呢？好期待喔～」

天海同學在教室裡的言行舉止看不出來什麼異狀。

如果有幫得上忙的地方，我也希望能出點力就是了。

於是到了午休時間。

「啊，朝凪。」

「嗯。我馬上收拾東西，等我一下。」

我依照約定走向海的座位，叫了她一聲。

我和海是朋友這點在班上已經形成一種默契，所以應該沒有問題。但是像這樣在眾人面前找她說話，還是讓我有點緊張。

「久等了。我們走吧……新奈，反正妳也會跟過來吧？」

「那是當然啊。」

被海叫到的新田同學露出笑容。

今天的午餐有我、海、天海同學，以及新田同學（不知為何）四個人一起吃。坦白說，新田同學這種類型的女生我不是那麼能夠應付，但是只要有海或天海同學在場，我也漸漸變得能夠不用顧慮地開口。

儘管心裡覺得親密的朋友只要有海就夠了，但是既然屬於這個班級，對於海和天海同學以外的人，哪怕不是那麼積極，多少也應該要有點交流。

當然了，不只是女生，男生也一樣。

「好。那麼走吧。」

「嗯。我們和天海同學是晚點再會合嗎？」

「是啊。現在過去接她。」

有海的地方就有天海同學，但是現在天海同學不在教室裡。

上午的課結束之後，她跟海說了幾句話便一個人走了。

換作平常的話，每到下課時間她就像隻親人的小狗喊著：「海～！」黏著這個好朋友。

理由……我大概能夠猜到。

天海同學所在的地方，多半是白天不會有學生的停車場，或是更不引人注目的地方。

在我們之間是知名的「告白景點」。也就是老地方。

「最近很常偷看別人告白啊……」

我和海還有新田同學一起躲在暗處看著離我們有段距離的天海同學，以及看似學長的男學生。

「雖然覺得偷看不太好，不過……天海同學知道這件事嗎？」

「嗯。而且夕要我挑個恰巧的時機出現。」

「咦？是這樣嗎？」

「是啊。委員長不知道嗎？」

一如往常舉起手機的新田同學如此回答。

光是海會參加這種不太好的偷看行為就讓我感到懷疑，但是關於這件事，似乎在她們三人之間有著明確的共識。

「像是只要幾個朋友一起過去，就不容易發生拒絕對方仍然死纏爛打，或者搞出其他麻煩事的情形。好吧，也就是受到告白的一方也要像這樣，互相幫助？之類的……我們也是想了很多。」

「新奈只是想偷看吧。」

「真冤枉。如果阿夕遇到什麼狀況，要向老師打小報告時也需要證據吧？我對於這些場合區分得很清楚喔。」

「……那就把我和真樹牽手的那段給刪了。那個應該用不到吧？」

「如果妳這麼拜託我，要我刪掉也行，可是那個除了我以外，我想也有很多人拍了，所以刪了也是白刪吧？好啦，我不會用在不好的地方，妳就放過我吧。」

雖然我早有預料，但是看來我們那次情侶牽手的事蹟已經完全傳開了。

這麼一想就覺得難為情，但是在那之後再也沒有人找海告白，所以我個人認為這樣的效果倒也不壞。

喜歡的人被自己不認識的人告白，哪怕明知海不會動心，多少還是會覺得不舒服。只是沒人找海告白之後，變得有更多人去找天海同學，這點也讓我覺得過意不去。

「……那個，如果妳願意，今年的聖誕派對要不要和我一起……」

「——對不起。派對我打算和朋友一起去，而且……呃，我、我有喜歡的對象了。」

雖然對學長很過意不去，但是結果當然是失敗。

由於知道內情的人只有我和海，學長自然無從得知，天海目前是以修復她與海的關係為最優先，完全沒有打算認識異性朋友。當然了，她說有喜歡的對象也是謊話。

對於天海同學而言，好朋友海是比什麼都重要的第一順位，再來才是包括我在內的其他很多人，都是差了一大截的第二第三。如果真心想和天海同學交往，我想現在只能等待。

雖然即使等待也無法想像天海同學會答應。

「好啦，兩位執行委員情侶差不多是時候出場了。還是說兩位打算在那邊多打情罵俏一會兒呢？」

「誰會這麼做啊……來吧，真樹也是。別發呆了，你也一起來。」

「啊，嗯。」

我不理新田同學在一旁起鬨：「被吃得死死的耶～」和海兩個人假裝偶遇，並肩走向天海同學。

「夕，妳在這個地方做什麼？如果還沒吃午餐，要不要和我們一起吃？」

「海！啊，嗯。我這裡剛好忙完。」

天海同學看到我們，露出有如花朵綻放的燦爛笑容走向我們。

（謝啦，海。還有新奈仔和真樹同學也是。）

我們互相使個眼色，趁著學長感到尷尬的時候，四個人趕緊開溜。我們離開沒什麼人的停車場，直到在人多熱鬧的中庭長椅坐下的瞬間，一直顯得有些緊張的天海同學才終於放鬆表情。

「呼～總算可以放心了。」

「辛苦了……天海同學真是難為了。」

「不會。這種事不算什麼。雖然的確有點麻煩，但是我已經習慣了。而且也只有現在這麼忙。」

根據天海同學的說法，其實從校慶那個時候開始，就不時會有人找她出去。這樣的情形一直不斷重複。

當時海忙著指揮班上的大家，主要是由新田同學自告奮勇代替海擔任打斷的角色。

新田同學在校慶的工作經常扯後腿，不過看樣子在背地裡有為了朋友好好努力。

天海同學與海再怎麼說還是繼續和她當朋友，這讓我覺得可以明白箇中理由。

只從班上的角落旁觀，果然有很多事情看不出來。

「啊，對了，海說過放學後有話要跟我說，是什麼事啊？該不會是只有我們兩個才方便說吧？」

「咦？不會，只要新奈不在就能說。」

「啥？不要露骨地排擠我！欸，委員長也說點什麼啊。」

「哈哈……我不在意，說出來也沒關係喔。」

「是嗎？既然真樹這麼說……」

海一邊留意明顯正在偷聽的這個人，一邊把聖誕派對結束後的計畫告訴天海同學。

當然了，天海同學沒有理由拒絕我們的提議。

「唔、唔唔唔……我們班上的兩大美少女竟然要在聖誕節去陰沉的委員長家裡……可惡，感覺好好玩……唔唔唔……可是……」

「咦？真稀奇，新奈竟然不想參一腳。虧我本來不想說的。」

「啊～……嗯，其實那一天我和男朋友約好了。」

「「「咦？」」」

男朋友。

新田同學的確也很可愛，但是沒想到她已經有對象了。

「奇怪？我沒說過嗎？我在校慶時被學長告白了。」

海與天海同學兩人都頻頻搖頭。我當然無從得知。

於是剩下的午休時間，我們都花在聽新田同學可有可無的炫耀上。

聖誕節的計畫已經確定，所以之後只要悠哉準備，同時等待那一天來臨就好——原本我是這麼想的。

在與海她們一起共度午休之後。真的是緊接在後，麻煩事從意想不到的地方找上門來。

「那、那個，方便講幾句話嗎？」

「咦？」

第五堂課要換教室，所以我拿著教科書走出教室，馬上被同班的人叫住。

回頭一看，只見比我高了一個頭以上的大個子男生站在那裡。

「前原……我想先問一下，你知道我的名字吧？」

「那是當然……畢竟我們同班啊，關同學。」

他的名字是關望。參加棒球隊，守備位置是投手……應該。我還是第一次像這樣和他說話，但是經常一起行動的那群男生說話都很大聲，所以這些情報自然會進到我耳裡。

「那麼找我有什麼事嗎？要跟我借課本……應該不是吧？」

「對、對啊。教科書我全都放在置物櫃，所以不會忘……啊～不是，我要說的不是這種事，而是別的……」

「嗯？喔。」

我還以為他屬於說話更乾脆的類型，但是現在似乎因為緊張的關係，話說到一半就吞吞吐吐，時而從我身上撇開目光，喃喃自語，讓我覺得彷彿是在和鏡子裡的自己說話。

被他叫住的瞬間確實嚇了一跳，但是看到他在我眼前緊張的模樣，反而開始擔心起來。

我正煩惱著該如何是好時，似乎早就在一旁看著的新田同學走上前來。

「嗯～？欸，關，你在對委員長做什麼？都上了高中還搞霸凌之類的可不好喔——」

「呃，新田……才、才不是啦。我只是有點事要找前原，完全沒有這個意思……前原，麻煩的傢伙來了，這件事等放學後再說……如果可以，我希望你可以過來棒球社社團辦公室裡面……」

「社團辦公室～？裡面～？愈來愈可疑了～」

「就說不是啦！喂，前原，拜託了。你來的話就請你喝飲料。」

「呃、呃……」

先前不曾說過話的同班男生。而且是突如其來的請求。

依照常理推想，多半就如同新田同學所說，不應該答應吧。

可是也很難想像關同學想騙我做什麼。

該怎麼辦呢？

忽然想到可以找海商量，但是海和天海同學今天一起當值日生，所以為了準備接下來的課要用的東西，已經不在教室裡。

「……嗯，知道了。那就放學後，社團辦公室見。你說裡面，總之我到棒球社用具櫃附近就可以了吧？」

「唔！對、對啊。今天是我負責整理球還有保養球具，所以如果你可以順便聽我說話，我會很開心。啊，當然不是要你幫忙，這點你可以放心。」

「咦？喂喂，委員長，這樣好嗎？竟然把這傢伙的話當真。你要是到了現場冒出其他社員把你剝個精光我可不管喔？」

「不，再怎麼樣也不至於……吧？」

「……我說啊，你們到底把我當成什麼了？」

雖然我順著新田同學的話開了點玩笑，但是照這樣看來，也許可以相信關同學。

「話說回來，關同學，你要說什麼？詳情我晚點再聽你說，但是既然會來拜託我，應該是很重要的事吧？」

「啊，嗯。可是在那之前，我們先離開這個大嘴巴吧。」

「嗯。抱歉，新田同學，事情就是這樣……」

「…………」

「那個～只要『好』或『不好』也行，希望妳能回應一下。」

「嗯。」

這個人……似乎打算偷聽到底。她是有多麼喜歡打聽八卦啊。

「……知道了。那麼我和朝凪聯絡一下。」

「呃……好、好啦。我走，我走就行了吧。委員長小氣。」

可是她知道海牽扯到我的時候有多可怕，所以雖然唸唸有詞，還是迅速離開了。

新田同學不是壞人，這點我當然明白，可是……該怎麼說，就是有很多地方很可惜。

「……那麼關於我要說的事。」

「啊，嗯。是什麼？」

我先確定四下無人，然後開始聽關同學說話。

「這個……是關於天海同學的事，想找你商量一下。」

「……啊啊。」

關同學為什麼特地找我這種人搭話——這下再清楚也不過。

結束一整天課程的放學後。

我按照約定，獨自前往他所指定的運動場角落的社團辦公室。

這才發現我還是第一次來這種地方，人比想像中更少。根據關同學的說法，到了這個時間，運動性社團的人們多半會在學校外面跑步熱身，所以意外適合聊些祕密。

「喲、喲，你來啦。拿去，說好的。」

「嗯，謝啦。」

我接住關同學扔給我的盒裝優格飲料，坐到了放在附近的折疊椅上。

「抱歉啊，前原，突然把你叫來這種地方。你本來打算和朝凪一起回去吧？」

「是啊……不過我有好好取得她的同意，所以不要緊。啊，你要談什麼事我有好好保密，這點你可以放心。」

過來這裡之前，我悄悄跟海解釋情況，獲得她的許可，請她今天先和天海同學回家。

本來我們約好今天要一起去店裡買新的護唇膏，關於這點，我答應她會好好塗今天早上給我的護唇膏，請她把約定往後挪一天。關於要談論哪些事，我也請她「當作沒聽我說過」幫忙保密。

不過搞不好就和有人告白的時候一樣，她會和新田同學等人一起躲起來偷看……那麼到時候只要一起回去就好。

「好了，關同學。關於天海同學的事，這個。」

「果然猜得到？」

「大概。就像是戀愛諮商的感覺對吧？」

「……嗯。」

看來是猜中了，關同學做出與長相和體格不符的舉動，難為情地縮起身體，微微點頭。

……看來關同學比我所預料的還要認真。

不過大概也是因為這樣，才會特地來找我說話吧。

「……入學典禮那天，第一次見到天海同學時，我好一陣子都腦袋一片空白。國中時也有過幾個讓我覺得可愛的女生，但是不曾想過要和她們交往。我挺迷棒球的，比起什麼戀愛，滿腦子都是想著要怎麼樣才能提高球速之類的事……」

然而在高中的入學典禮，這麼一個棒球少年迷上有著天使容貌的女生。

依照海的說法，天海同學的名聲從入學典禮結束後便瞬間傳遍全校男生，所以多半有很多人和關同學一樣，對她一見鍾情。

然而至今還沒有任何一個人能讓一見鍾情開花結果。

「起初只想著遠遠看著她就好……可是，不是已經十二月了嗎？再過四個月就要升上二年級，說不定沒辦法再和天海同學同班……所以我想在那之前，至少把我的心意告訴她。」

「……我是認為如果只是告白，現在就可以啊。」

「嗯，對啊。話是這麼說沒錯……」

關同學繼續說道：

「你也真壞心眼啊。可是沒頭沒腦去告白，天海同學也不可能會答應。前原，如果是你應該懂吧？」

「……是啊。我想你說得對。」

以前不曾見過，又或者即使見過，也沒什麼交情可言。在這樣的狀態告白幾乎都會以失敗收場。

時常聽說告白只是單純的確認動作。從朋友關係開始，在過程當中漸漸對彼此的想法產生共鳴，從共度時光的過程中得到快樂與安寧，覺得「這樣應該夠了吧」時才告白，我認為這樣才會成功。

我自認跟海也是依照這個模式成為朋友。我們一起上下學，在途中牽手……雖然有部分舉動像是男女朋友之間才會做的，不過這是兩回事。

「前原，這樣拐彎抹角太麻煩，我就直接拜託你了。雖然我想在找你說話的時候，你多半就已經猜到了。」

「算吧。不過我還是聽你說吧。」

「知道了。那麼……前原，請你跟我做朋友，然後希望你也能跟朝凪說一聲，請她協助我和天海同學有所往來。具體來說，我想請你在聖誕夜的聖誕派對上，用我是你朋友的名義找我一起參加。」

果然不出我所料。

先前的我只是「待在班上角落的邊緣人」，隨著我與海的關係在校慶之後曝光，我就成了「和班上偶像以及她的好友很要好的男性友人」。

在我的心中，天海同學只是「朋友（海）的朋友」而已，反過來說，天海同學也只把我當成「好朋友（海）的朋友」。即使如此，對於想拉近與天海同學關係的人們而言，突然出現的我肯定是一線光明。

如果和我交好，藉此讓自己和天海同學之間牽起「朋友的朋友」這樣的關係……關同學就是懷著這種想法來接觸我。

正因為這樣，對於關同學的請求，我所能做的事只有一件。

「……抱歉。如果是這麼回事，我要拒絕。」

我明白拒絕對我低頭的關同學提出的請求。

應該說，這樣做也是理所當然。

乍看之下，天海同學在班上和以前一樣，實際上她在校慶前後與海之間的芥蒂依然多少存在，因此正在努力修補她們的關係。

如果在這種時候，我從外面找來了關同學這個「朋友」，會發生什麼事……天海同學那麼善良，也許會說沒關係，但是內心想必會覺得困擾。

不只是天海同學。海也和天海同學一樣，正努力彌補與好朋友之間的鴻溝。

我現在最重視的當然是海。

對我來說她是第一個「朋友」，如今更是我不只當成朋友看待的女孩子。

所以我不能答應這個請求。

「就是這樣，我要回去了……還有什麼事嗎？」

「啊～……不，沒事。這樣啊……好吧，果然是強人所難啊。如果之前一直和你有所往來還另當別論，但我卻是這麼突然。你當然會覺得這傢伙事到如今才來說些什麼吧。換成是我站在你的立場，絕對會這麼想。」

「是沒這麼嚴重……不過這次的事就真的抱歉了。」

「不，我才要說不好意思，突然找你過來。光是你願意聽我說就要感謝你了。」

原本以為他會勉強我留下來，沒想到他很乾脆地收手，幫了我一個大忙。

「倒是前原，你平常看起來有點懦弱，但是這種時候卻能明白拒絕呢。我對你的這一面有點另眼相看了。」

「是嗎？不過跟某人相比，我還差得遠了。」

我是在說海。我希望自己有朝一日也能像她一樣有膽識，即使在其他人面前，也能好好說出自己的想法。

朝凪海對我來說既是重要的朋友，也是近在身邊的目標。

「……啊，學長們差不多要來了。抱歉讓你特地騰出時間。」

「不用在意。雖然沒辦法幫你，不過我也會暗中幫你加油。」

「加油就免了……我需要的是幫助啊，幫助……」

「哈哈……抱歉，這有點困難了。」

「喔喔～……」

要是他以現在的狀態跑去和天海同學告白，肯定會失敗。所以至少幫他祈禱吧。

不用擔心，憑藉關同學的條件，想必很快就會出現喜歡他的女孩子。畢竟他很好聊，而且即使看在我這個同性眼裡，他的長相也很帥。

如果時機再早一點，想必我們也能變成朋友吧。但是事到如今說這些也是無濟於事。

我和關同學簡單道別，然後沿著運動場邊緣走向校門。

時間還是傍晚十六點，但或許是因為風很強，感覺比平常更冷。

這下子可得早點躲進家裡的暖桌避難……正當我想到這裡，小跑步離開校門一看。

「……咦？海？」

「喲。」

出了校門沒幾步，就看到海朝我輕輕揮手。

「莫非妳出了教室以後，就一直在等我嗎？」

「算、算吧……你看我這個樣子，像是先回家一趟再過來嗎？」

「不，不像。」

「答對了。」

海的肩上掛著書包，脖子圍著愛用的格紋圍巾，鼓起臉頰向我說道。

想當然耳，她是在寒冷的天空下一直等我吧。

「抱歉喔，真樹。其實我本來打算趕快回家，可是……這個，我還是有點在意。」

「這樣啊。可是如果妳擔心，躲在附近偷看不就好了。」

「真是的，如果我做出這種事，豈不是違背了和真樹的約定嗎？就變成我嘴巴雖然這麼說，其實好奇得不得了。」

如此說道的海嘛起嘴巴，從我身上移開目光。

「其實我好想知道你們……應該說想知道真樹在和關談些什麼。可是暗自偷聽你們說話也不太對……所以不上不下的我決定總之先等真樹回來再說。」

對我說會趕快回家的她，以及其實很擔心我，想陪著我的她。

兩個她在心中抗衡的結果，讓她決定雖然不去偷聽，還是要陪我一起回家——正因為這樣，海才會在校門口等我。

……海也未免太難搞了。

雖然這點也讓我覺得很可愛就是了。

「……總之天氣也很冷，我們回去吧。」

「嗯……欸，真樹。」

「什麼事？」

「天氣好冷，我想去真樹家取個暖，可以嗎？」

「……是沒關係啦。」

今天不是週五所以不能待太久，不過我還是覺得沒關係。

我們趁著沒有別人的時候偷偷牽手，一如往常放學回家。

2. 和朋友的第一次約會

隔日早晨我配合媽媽醒來的時間，報告昨天發生的事。

內容當然是關於聖誕夜的計畫。我除了要和海一起度過，目前還打算找天海同學，所以要將這一切毫不隱瞞地告訴媽媽。

早上，我拖拖拉拉離開被窩來到客廳，發現媽媽已經從睡衣換成平常的上班打扮喝著咖啡，而且難得還在抽菸。

那是味道有點刺鼻，黃色盒裝的香菸。

工作場合似乎會抽，不過很久沒有看到她在家裡抽了。

「媽媽真難得在家裡抽菸。」

「啊，早安，真樹。對不起喔，一個忍不住。」

「沒關係啦。工作很忙嗎？」

我打開聊勝於無的廚房抽風機開關，準備自己的咖啡。

「今年比較特別。不過就算是這樣，比起去年從各方面來看都好得多了。」

「是啦，那件事在去年就結束了。」

媽媽在玻璃菸灰缸裡把菸熄了，如此回答。

在今天以前，媽媽在我面前露出這種模樣是距離今天剛好一年前，辦理和爸爸的離婚手續時的事。

當時家裡一整天都充滿了這個味道。

「媽媽，這個……妳還好嗎？有沒有在逞強？」

「嗯？不～沒事。雖然身體實在是因為上了年紀有點吃力，但是精神方面輕鬆多了。都過了一年，我也差不多想開了。」

「是嗎？那就好。」

只不過雖然口頭說想開了，也才過了一年。

也許還是會想起去年的事。

……總之，這件事就說到這裡吧。

因為我刻意早起不是為了說這種事。

「那個，媽媽……這個，關於二十四日。」

「啊！喔，這麼說來今年的真樹有小海了。怎麼？該不會是約好要一起度過吧？」

「這個，是啦……」

我把當天的計畫說給媽媽聽。

由於是等學校主辦的派對結束之後才開始，所以要問媽媽能不能玩到晚一點。還有我不是只有找海，還打算找天海同學一起來。

以及能不能在家裡玩到比平常晚。

關於海會過來，似乎早在媽媽的意料之中，所以她很乾脆就答應了，但是聽到天海同學也要一起來時，似乎還是不免嚇了一跳。

「真樹，你是認真的嗎？」

「是認真的。」

「啊啊啊……光是小海願意和我的兒子交好就已經難能可貴，竟然還有超可愛的金髮少女……真樹，你現在肯定是這輩子的顛峰期。」

「是嗎？我的確覺得還不錯……不過先不說海，天海同學是海的好朋友，跟我只能算是認識啦。」

雖然不知道什麼顛峰期，但是能夠與海和睦相處的現狀無疑是幸運的。

正因為這樣，才要趁現在和海……也有一點這種想法。

「唔……原來如此。好吧，這件事我同意了。那麼我也會先跟朝凪太太聯絡，請她只要真樹的一根小指頭就好。」

「已經確定了嗎？」

只不過要是出了什麼差錯待在我家過夜，然後早上才回家，又剛好被因為年底休假返家的父親——大地伯父逮個正著。

……不，別再想下去了。因為只要乖乖遵守規矩就沒有問題。

「啊，可是，說到這個。」

「嗯？怎麼了，還有什麼事嗎？該不會是還要追加兩、三個後宮成員？」

「怎麼可能啊。我不是說這個，而是朝凪家那邊已經和空伯母打過招呼，但是和她的父親大地伯父，還有她的哥哥陸都沒能打到招呼。」

大地伯父因為工作時間很難配合，但是哥哥陸住在家裡，所以我也差不多想看看他是個什麼樣的人了。

根據海的說法「用不著放在心上，就是個尼特族」，即使如此，仍然是海的兄長。不管他是什麼樣的人，都是海的家人。

沒錯，家人很重要。

「這麼說來，聽空太太的說法，先生似乎是自衛官。哥哥原本也是自衛官，只是現在辭職了，正在求職中。」

「是啊。雖然沒見過面……確實會想他們是什麼樣的人。」

「這個嘛……啊，不過上次我和空太太講電話時，她說先生快要回來了，到時候想讓先生和我家兒子見個面。」

「喔，這樣啊。那麼我就當作沒聽到這件事。所以我要去睡回籠覺了……」

「喂，兒子，要逃避現實也已經太遲了。死心吧。」

看樣子我是無路可逃了。

如此這般，我想既然無路可逃，至少作個心理準備，於是立刻對海提出一個要求。

『（朝凪）咦？想知道爸爸跟老哥的長相？為什麼？』

『（前原）算是為了將來若是在哪裡湊巧遇見時作準備吧。』

『（朝凪）作什麼準備？』

『（朝凪）算了，隨便。』

『（朝凪）啊，對了對了。話說真樹的長相已經透過照片傳遍了朝凪家。是媽媽傳給大家的。』

『（前原）什麼時候的事……也就是說，哥哥和爸爸也都收到了？』

『（朝凪）那還用說。』

『（前原）搞得好像被懸賞的犯人……』

不過海也說為了對拍我的照片表示道歉，會讓我看她手機裡家人的照片。據說是前年全家人去旅行時拍的。

『（朝凪）我想你應該看得出來，中間最高大的是爸爸朝凪大地，旁邊傻傻站著的就是老哥朝凪陸。』

大地伯父幾乎完全符合我的想像。只見面帶笑容俏皮地比出V字手勢的空伯母身旁那人一臉正經。

看來是個好人，但是我猜一定很嚴格。我很肯定。

至於陸哥……由於他不看鏡頭，又用留長的瀏海遮住一隻眼睛，所以看不太出來。身高雖然不及大地伯父，但是也和關同學差不多。身材偏瘦。

聽說照片是前年拍的，但是海和空伯母都和現在沒什麼兩樣。空伯母顯得很年輕，海也是從那個時候就這麼可愛。

就在這時，有除了我們以外的成員加入群組。

從以前設定的兔子頭像改成家裡養的黃金獵犬，名叫「天海」的帳號。

『（天海） 啊，這是海全家人的照片？好懷念！』

『（朝凪） 真樹說要先知道爸爸跟老哥的長相，不然遇到緊要關頭沒辦法開溜。』

『（前原） 不，我又不會跑。』

『（天海） 啊，那麼我的照片也給你看吧。』

『（天海） 是剛升上國中部時的。』

那個大概也是全家人的照片吧。據說是國中一年級，臉孔比現在更添幾分稚氣，但是論天使度要說比現在更高也不為過。

……的確，難怪不分男女都很受歡迎。

『（天海） 旁邊是住在國外的外公外婆，還有親戚家的小孩。這是我跟著媽媽返鄉時拍的～』

難怪沒什麼日本人臉孔。黑頭髮的大概只有天海同學的外公（摻雜白髮），以及看似天海同學的父親兩個人。剩下的每個人都有色彩鮮明的髮色。

『（天海）啊，說到這個，真樹同學的照片呢？好想知道小時候的真樹同學長什麼樣子！欸，海也是這麼覺得吧？』

『（朝凪）嗯。這麼說來也是。超級在意的。』

『（朝凪）真樹。』

『（前原）不不不，就算妳突然這麼說我也沒辦法。』

『（前原）我很怕被拍照。要說最近的照片只有校慶頒獎時的了。』

『（朝凪）出現了，就是有這種人。』

『（天海）這樣啊～啊，可是應該有畢業紀念冊之類的吧？還有像是家中相簿。』

『（前原）大概。可是我也不清楚，不記得有拿出來，搞不好留在舊家的櫃子裡。』

『（前原）啊。』

我先是不經意送出訊息，這才心想搞砸了。

舊家。也就是父母離婚前一起住的房子。我和媽媽一起搬出來所以不清楚狀況，現在應該是爸爸一個人住。

『（前原）啊，抱歉！我手滑了一下，說了奇怪的話。』

『（天海）不不不！我才不好意思，提起奇怪的話題。』

『（天海）來，海也要道歉。』

『（朝凪）為什麼是夕在指揮。』

『（朝凪）不過真是對不起，真樹。讓你想起不開心的回憶吧。』

『（前原）不，是我自己說的，而且這件事已經過去了。』

『（前原）今天會去找找櫃子，有的話再上傳。』

『（天海）真的嗎？太棒了！嘿嘿，太好了呢，海。』

『（朝凪）我是無所謂。』

『（天海）又在害羞了～妳明明很開心。』

『（朝凪）……抱歉，我離開一下。』

宣告午休時間的鐘聲響起瞬間，天海同學與海展開一場小規模的打鬧。

提起敏感話題的瞬間感覺有點不妙，但是兩人鬧得很開心，所以沒事就好。

話說回來，以前的照片嗎？國中的畢業紀念冊總該還留著，但是上面只有大頭照，國小的話……沉睡在舊家的可能性很高。

如果真是這樣……該怎麼辦呢？

我一邊愣愣想著這些事，一邊一如往常準備獨自晃出教室。

「——天、天海同學！」

一名男生的大聲呼喊，讓班上因為下課而放鬆的氣氛又變得緊繃。

「呃，我有些話想單獨跟妳說，可以嗎？」

「咦？啊，嗯。那是沒關係……」

明顯感覺很緊張的關同學，站在不知所措的天海同學面前。

平常關同學不會找天海同學說話，所以一提到有話要說，就能猜到他想說的內容。

我早料到既然我拒絕幫助他，遲早會變成這樣……但是竟然選在隔天，讓我覺得他是否太心急了。

由於不方便在班上同學的面前開口，於是關同學和天海同學兩人走出教室，但是這個狀況即使出去也沒什麼意義。

兩人離開之後有一小部分的團體一邊竊竊私語，一邊跟在他們身後。

多半是想偷聽他們在說什麼吧。

我也做過類似的事，所以沒有資格說別人，可是……看起來還是不太舒服。

其他人也三三兩兩離開，還留在教室裡的只有一半左右。

剩下的人有我、海，意外還有新田同學。

「咦？新奈不過去嗎？」

「也不是沒有興趣……可是關喜歡阿夕這件事，大家差不多都能看得出來，而且結果也早就知道了，所以感覺不用看。如果換成委員長，那麼狀況就不一……啊啊，沒有沒有，海同學。開玩笑，我是開玩笑的，不要露出那種危險的表情。」

「真是的……啊，還有前原坐這邊。」

她叫我坐到旁邊，於是我也照辦。

我、海，以及新田同學三個人圍成小圈圈說話。

「欸，真樹，該不會昨天關跟你說的就是剛剛那件事吧？算是戀愛諮商嗎？」

「嗯。雖然大家似乎都覺得很明顯，不過關同學說他喜歡天海同學。」

我事先強調這件事姑且要保密，然後針對關同學拜託我的情形，把昨天的事簡單說給她們兩個聽。

「這樣真樹當然會拒絕……話說答應的人才是笨蛋。」

「就是啊～……雖然我之前都把委員長當成『搞不太懂的人』，由我來說這種話也不太對啦。」

關同學表面上隱藏了自己的心意，所以我認為她們會這麼說也是沒辦法的事。

對他來說天海同學是初戀，在戀愛這方面可以說是非常純情，要是把昨天的情形說得更詳細一點，她們的印象也會跟著改變，不過這是我和關同學的祕密。

好了，他們也出去一陣子了，不知道現在狀況如何。

「唔！喔，是夕打來的。」

看樣子是說完了，她打電話給海的手機。

「啊，夕？……嗯，知道了。那麼我現在拿過去。地點……啊啊，嗯，馬上過去。」

海在離我們有點距離的地方講了一分鐘左右的電話，然後從天海同學的書桌拿出一個還沒吃的便當。

看樣子正準備去找天海同學。

「抱歉，真樹。我去找一下夕，新奈就拜託你了。」

「海……啊啊，嗯，沒問題。新田同學，事情就是這樣，如果妳可以和我繼續待在這裡就太好了。」

「不不不，就算委員長不監視我，我也不會跑去啦。我沒那麼傻……雖然還是會有一點好奇。」

海會請我絆住新田同學，應該是天海同學想單獨和海說些什麼吧。

天海同學拒絕了關同學，這點應該錯不了。

至於兩人的過程——那幾個跑去旁觀的人之後多半會回來說給大家聽。

應該說不想聽也肯定會聽到。

——哎呀~真是太有趣了。

……果然。

海獨自前往與天海同學約好的地點，前腳剛走，幾個多半是跑去遠遠觀察全程的同班同學後腳就回來了。

在那些人當中，也包括平常和關同學混在一起的傢伙。

——望突然把天海同學找出去，嚇了我一跳，然後真的開始告白，他是怎麼了？

——那傢伙說他國中時常和女性朋友一起玩，搞不好是在吹牛？

——應該是吧。如果習慣應對女生，才不會做出那種像是國中生的告白。

——好吧，聖誕夜那天我們一起安慰他吧。跟他說你還有我們。

——帶著女朋友嗎？

聽到他們在自己的圈子裡開始起鬨，我立刻起身。

會被當成笑柄也是關同學自己播的種，所以是自作自受，然而——聽著他們的對話，我心情當然好不起來。

「……委員長不用管我了，去找關吧。待在這種地方會弄髒內心的。」

「要是這樣我會很感謝……可是新田同學呢？」

「我是個呼吸這種空氣活到現在的人……也好，這時就當作是委員長用看不見的手做出下流的舉動，導致我動彈不得吧。」

「『下流』是多餘的吧？……不過，謝謝妳。」

「嗯。慢走，前原。」

「……妳明明可以好好稱呼我嘛。」

「誰教我也沒心情說笑呢。雖然等到這件事結束，我又會叫你『委員長』了。」

「為什麼對於這點這麼頑固……那也沒關係，想叫儘管叫吧。」

我朝著看向其他地方輕輕揮手的新田同學微微鞠躬，穿過人潮前往某個地方。

關同學應該不知道有什麼地方可以獨處，所以多半會在先前的社團辦公室裡面。

海說得沒錯，我是個傻傻的爛好人。

總之我先跟海說一聲。

『（前原）　海，我去找一下關同學。』

『（朝凪）　嗯，慢走。』

剛發出訊息，海就立刻回覆。

我多半是在做傻事，但是與其暗地瞧不起對關同學而言極為純真又認真的心意，以高高在上的態度捉弄他，或是裝作視若無睹站在遠處嘲笑，我寧可繼續當個笨蛋。

因為想必也有因此才能得到的事物。

我為了尋找被天海同學甩掉而獨自沮喪的關同學，換上室外鞋走向運動場。

昨天還以為再也不會過來，但是萬萬沒料到隔天就第二次來到這裡。

「關同學。」

「呃！前原。」

不出我所料，關同學坐在和昨天一樣的位置，喝著和昨天一樣的盒裝優格飲料，獨自垂頭喪氣。

即使在男生當中應該也很有存在感，現在看起來卻顯得小了點。

「關同學，你也太著急了。」

「是啦……我搞砸了……總之先坐下吧。」

「嗯。」

我坐在多半是用來練習的大型輪胎上，關同學就有一句沒一句地說了起來：

「……本來只是想問她聖誕派對的計畫。因為我早知道她要和朝凪一起去，就想問她要不要約個地方一起過去。可是啊，當我看著一直偏頭注視我的天海同學，不知不覺就說出真心話。『是否願意和我一起參加派對？』回過神來已經搞不懂在做什麼……」

然後他趁勢在無法作出冷靜判斷的情況下告白。

然後果然被甩了。

……他的心情我也不是不懂，但是我覺得他還是有點失控了。

對於關同學的告白，天海同學很有禮貌地鞠躬拒絕。也有好好說出理由，但是即使早有覺悟，聽到「對不起」的打擊還是太大，讓他幾乎沒有留下當時的記憶。

「前原，班上那些傢伙怎麼說我？反正一定有人全部聽到了吧？」

「似乎是吧。雖然他們聊得十分熱烈，但是因為是其他星球的語言，腦袋不好的我沒辦法翻譯。」

「哈哈，沒想到你的個性挺差的，而且嘴巴也很壞。」

「安分的傢伙未必個性就會好。因為不說話，所以想得更多。」

「這樣啊。關於你這一點我可不討厭。」

「是嗎？坦白說，我倒不是那麼喜歡關同學。」

「你也太老實了……那是沒關係啦。」

關同學雖然傻眼，臉上也漸漸恢復開朗的表情。

雖然只是第二次和關同學說話，但是多半從他的態度和話中感受到豁達，所以才會讓我這麼做吧。就算是開玩笑，他也會笑著帶過，讓我不禁覺得他很好聊。

「關同學，那個。」

「嗯？」

「你被天海同學甩了，接下來有什麼打算？」

「就算你這麼問我……怎麼辦呢？一般來說大概是忘記這一切，尋找下一段戀情吧。」

「不過沒這麼容易忘記吧。」

「你也是這麼覺得嗎？就是說啊……因為那是天海同學耶？坦白說，我真的很喜歡她。說要去找下一段戀情倒簡單，可是……想也知道很難吧。我到現在還是充滿眷戀，絕對會有好一陣子放不下。而且就算想忘記，想也知道一定會一直被班上那些傢伙嘲笑。」

「我想也是。外行人一直用同個梗的搞笑，只會讓人感到心煩。」

「就是說啊。之前我都是觀察氣氛加以忽視就是了……等等，為什麼我會跟那些傢伙混在一起啊？」

對話之後意外發現我們也很合得來，一來一往說個不停。

至於談話的內容……畢竟是講同班同學的壞話，不是什麼值得誇獎的事，但是對方也在說關同學的壞話，所以半斤八兩。

從天海同學的事情開始，聊到平常說不出口的對於男生們的不滿等等，把心裡的東西說出來之後暢快許多，然後又聊到平常看的漫畫、偶爾玩的手機遊戲等等……我和關同學互相說起自己的事，直到午休時間結束的鐘聲響起。

「唉，老實說現在還是提不起勁回教室……不過多虧了你感覺輕鬆一點。謝啦。」

「不客氣。我也是第一次和海以外的人說這麼多話，不過我覺得我們還算有得聊。」

「海？前原平常都是直呼朝凪的名字嗎？」

「啊……抱歉，一不小心。」

「不會，不用在意。校慶那時就覺得你們是不是最近開始交往了。既然這樣，互相直呼名字也沒什麼大不了。」

「……不，這個，我們姑且算是還沒交往。」

「啥？你是認真的嗎？」

「情況有點複雜……」

我請他對別人保密，然後簡單說明我與海的狀況。

「原來啊……沒有戀愛經驗的我沒資格說什麼大話，所以覺得那是你的自由……不過還是早點定下來比較好。因為朝凪最近又變得更受歡迎了。」

「咦？」

關於這點我也是第一次聽說。

「是這樣嗎？」

「是啊。大家都說她最近表情變得柔和，愈來愈可愛了。其他班的傢伙也半開玩笑要我幫忙介紹。我跟朝凪也沒什麼交集，所以拒絕了就是。」

「這、這樣啊。」

拿和我建立友誼後的海與之前相比，的確覺得現在的她在精神方面更加游刃有餘，在班上也更常露出笑容。

光看自己班上，會覺得突然不再有人向海告白讓我感到放心，然而……雖然覺得事到如今海也不會對我以外的男生有意思，還是有點心神不寧。

「總之你要小心，別讓別人搶走了。這是我作為男性友人給你的誠心忠告。」

「謝謝你的忠告……等等，咦？關同學，你剛才說自己……」

「嗯？啊啊，你是說男性友人嗎？就是我覺得在跟你聊過之後好像挺合得來，而且我們同班，我想應該算吧。該不會你不願意吧？」

「那是不會……不過我們沒有聊得太多，就這麼決定真的好嗎？」

「沒什麼不好吧？那是前原自己想太多了。待在一起很開心，或者想跟眼前的傢伙多聊幾句。所謂的朋友不就是這樣嗎？」

「是嗎……」

也許關同學說得沒錯。

回想起來，我和海也是這樣。無論起因是什麼，正是因為想再跟她一起玩，想更加了解她，才會有現在的我和海。

無論是要當好朋友還是男女朋友，全都要從「朋友」開始。

「……知道了。既然這樣，關同學，以後我們就是朋友了。」

「喔。以後多關照啦，真樹。」

「嗯。請多關照，呃……唔……望……」

「喔。這樣就對了。」

我和望握手成為朋友。

棒球社和回家社，班上的風雲人物和邊緣人。

我們不只體格有差距，以往的際遇也可以說是兩個極端，但是即使如此，一旦試著聊過也有可能像這樣相互了解。

他是我先前擅自認定不會有所交集，敬而遠之的對象，剛開始被他找上時也覺得這個人真會找麻煩，然而即使如此，發現自己還是很慶幸能像這樣和望交朋友。

「那麼也要上課了，我們差不多該回去嘍。」

「也對。啊，不過……幫你拉近與天海同學的關係之類的事我辦不到就是了。」

「別擔心，我都明白。雖然剛才狠狠被甩了，不過我是個不死心的男人，會再試著自己努力看看。畢竟俗話說棒球是從九局下半兩人出局才開始。」

「是嗎？我倒是常看見觀眾覺得比賽已經結束，提早準備回家。」

「啊啊，的確有啊。有些人看到比分拉開很大的差距，打到八局左右就會放棄回家。這樣的傢伙就會錯過接下來戲劇性的大逆轉，虧大了。」

「哈哈……雖然我沒辦法支持你，不過加油吧。」

就是這樣，繼海之後，我交到一個新朋友。雖然創造這個契機的人是海，但是好好發揮契機的人是我，所以當作我有一半左右的功勞也沒問題吧。

和海成為朋友，透過她的關係認識天海同學和新田同學，現在又多了望……進入十二月之後，周遭環境變化之快令我眼花撩亂，即使如此，我認為現在的日子過得挺充實的。

話說回來，安慰望這件事算是靠我勉強搞定，至於另一位當事人天海同學就不知道情形怎麼樣了。

當我和望兩個人在休息時間即將結束時返回教室，她已經一如往常和新田同學她們聊天，看起來沒什麼問題，但是我有點在意。

「——嗯？嗯～我覺得沒有特別說什麼。比較像是稍微發個牢騷吧……唔唔，好吃。」

翌日早晨，我詢問來接我的海，於是她一邊吃著我做的鬆餅一邊回答。她說在家吃了早餐才過來，但是看到我在做就忍不住想吃。於是我正在追加製作自己的分。

「牢騷嗎……那我就不多問了。不過天海同學果然也很難為吧。」

「算吧。而且我到不久之前也很難為。真樹不也看過嗎？」

「這麼說來……那麼現在呢？」

「現在？現在……沒有吧。現在反而……」

「什麼？」

「……沒什麼。」

「……哼～」

天海同學看起來不用擔心，相較之下我更在意的是海。

「海。」

「不要。」

「我很在意。」

「不、不要。」

「要怪就怪自己說溜嘴。」

「話是這麼說……」

「這個。」

「咦？」

「鬆餅，好吃嗎？」

「唔……真樹好壞心。」

也許吧。可是平常都是海在捉弄我，偶爾也想像這樣還以顏色嗎？

「……好吧，如果妳那麼不想說，那我就不問了。可是如果是跟我有關的事，我就會想聽聽。」

我不想認為自己對海採取了不好的態度或舉止，但是我也並非完美，如果有任何想要我改進的地方，希望她能夠告訴我。

「不，也不是什麼壞事……就是，因為夕問得很煩，我才不得已說出來。」

「嗯？嗯，說什麼？」

「就是……像是今天真樹做早餐給我吃，還有你說每次都讓我來接你很不好意思，所以你來我家接我讓我有點開心……差不多就是這樣的事。」

「……嗯～」

這與其說是牢騷……不如說是秀恩愛吧？

「怎、怎麼啦，沒關係吧。我也不是自己想說的，可是夕和新奈她們都很愛問，我也就有點，這個，說溜嘴。」

「這個，我姑且問一下，妳應該沒有全部說出來……吧？像是上次親臉頰，還有護唇膏的事。」

「呃……對不起，護唇膏那件事，在給了真樹的那天立刻被發現……所以，這個。」

似乎是說了。海的臉非常紅。

雖說是預備品，但是把自己也許會用到的東西送給男生，還是令她很難為情吧。

「……好吧，我是沒關係。」

不過，這下子終於知道最近天海同學時常看著我們露出竊笑的理由了。

還是只有我們兩個人知道的祕密時，感受不怎麼強烈，可是一旦被別人知道，總覺得難為情的程度頓時加倍。

……暫時不要在別人面前抹護唇膏吧。

「不過話說回來，真沒想到真樹會和關成為朋友……虧我還覺得你們是怎麼想都絕對不會有交集的類型。」

「真要說來，我跟海現在也是……我想果然有些事還是試著聊過才知道。」

「對吧？可是不管怎麼說，這樣也很好吧。根據真樹的說法，就覺得你跟關的關係多半在畢業之後也會持續下去。這樣的朋友可是很不容易的，以後也要好好珍惜喔。」

「嗯，我會的。」

原本只有媽媽、海、天海同學三個人的電話簿裡，新增了望的名字。

對我來說，望可以說是這輩子第一個交到的男性友人。因此我才顯得更加喜悅。

「對了，我真的什麼也不用做嗎？如果你說關的心意是認真的，那麼我也不是不能稍微幫幫他。」

「他似乎打算暫時一個人努力，所以我也想先觀望看看。畢竟現在光是參加社團活動就很忙了……如果要採取行動，大概就是期末考的讀書會吧。」

他到國中為止似乎學業成績都還不錯，但是高中忙著社團活動，成績轉眼間一落千丈，據說上次的期中考每一科都在及格邊緣。

一旦不及格，就有補修在等著他，而且還是在十二月二十四日。這樣一來參加派對這件事也會取消，所以望向我哭訴，表示無論如何都要避免這個狀況。

「什麼嘛，這麼說來我也一樣。每到這個時期，就得好好鞭策那個萬年及格邊緣的大小姐，搞得她唉聲嘆氣呢。」

「妳是指天海同學吧。」

天海同學很有天才氣質，在運動或藝術等感興趣的領域顯得無所不能，但是對於學校的課程與課題等學業方面似乎真的很不擅長，聽說就算是念書準備考試，也是只要海稍微移開視線就會睡著。

因此當她通過我們學校的入學考時，海似乎也真的嚇了一跳。

如果她能把專注力放在學業上，想必沒有問題……只是人終究沒有這麼容易改變。

「期末考是從下週末開始嗎……那麼在那之前要不要一起舉辦讀書會啊？」

「妳說一起是指四個人嗎？」

「嗯，這樣我和真樹也可以合力幫他們複習完所有科目吧？」

「話是這麼說沒錯，可是才剛發生那種事，會不會尷尬啊？」

「那也沒辦法。而且書可以各自念，我們自己另外找時間就可以了。」

「所以我跟海一起念書這件事已經確定了是吧？」

「那當然……可不允許你說不要喔？」

「不用擔心，我明白。」

海的成績在全學年裡也是名列前茅，她願意教我對我來說也有好處，所以這點當然沒有問題。

只不過當然還有別的理由。

我跟海擅長的科目不一樣，所以只要兩人合力，幾乎能夠應付所有科目。

所以下週的計畫就確定是包括讀書會在內的準備考試。

「我……我說啊，海。」

「嗯～？」

我一邊讓海進行已經是早上慣例的梳理頭髮捲翹，一邊看著海的臉。

……嗯，我還是覺得海非常可愛。當然不是只有長相。

她很愛吃，但是身材保持得很好，個性也很正經，然而在我或天海同學這些比較親密的人面前，又會變得有點愛作怪，這些地方我也覺得很棒。

讓這樣的女生從一大早就照顧我，我真是幸福。

「什麼事？一直盯著我看。」

「沒有，我是在想海果然好可愛……不，我現在要說的不是這種事。」

「不然是什麼？真樹小弟弟？」

「不、不要把我當小孩子。」

「咦～？誰教現在的真樹就像個怕生的小男孩，好可愛喔。」

海看到我的模樣，露出惡作劇的笑容。

我和海的關係多半會像這樣持續下去吧。身為男人雖然覺得有點沒出息，但是如果只是兩人獨處的時候……那也沒關係吧。

「海，這週的假日妳有什麼事嗎？」

「假日？你說的是六日？不是週五？」

的確是這樣。同樣是週末，不過不是週五放學後，而是指隔天的假日。

「嗯。這個……我想如果妳願意，要不要一起看個電影。」

「也就是說……邀我約會？」

「呃……差不多。雖然我們週五時常一起玩，但是假日就不太有機會吧？所以，這個，我想偶爾也可以出去吧？」

我打算在聖誕節告知自己的心意，但是在這之前，會與要好的異性朋友一起做的事也想好好體驗一下。

先前曾經有過幾次兩個人一起外出，但是還沒有休假約會的經驗。

「嗯～……嗯～嗯～……」

然而面對我的邀約，海卻露出遺憾的表情。

「莫非是已經和天海同學有約了？」

「嗯，其實……是和夕還有新奈她們兩個。你看，就是要挑派對需要的衣服和飾品之類的。而且考試期間實在沒辦法去買，等到派對前幾天才忙著去挑又不太好。」

「啊～……這麼說來也對。」

由於早就知道要參加聖誕派對，所以這週六日的行程多半早就排好了吧。

我不禁反省如果早點說，或許還能調整一下……哪怕是臨時起意的行動，也得好好排定計畫才行。

「這樣啊……那麼雖然很可惜，那就等下次機會……海？」

「啊，抱歉，我要打個電話，稍微離開一下。」

然而聽到我的邀約的海用手機查過行程，又立刻走出客廳打電話。

接著過了大約三分鐘。

海帶著開心的表情走回來。

「嘿嘿，已經沒問題了，所以我可以去。約會。」

「咦？可以嗎？」

「嗯。我說真樹找我去約會後，夕就叫我絕對要以你為優先。還說她晚一點會幫忙聯絡新奈。」

我認為穿去派對的衣服也挺重要的。只是她們還能排出其他日子嗎？

「不過既然妳的時間空出來，我是很開心啦……那就這週六可以嗎？」

「嗯。啊，可是既然要在週六約會，前一天的放學後你得陪我去一個地方，這件事可別忘了。」

「嗯？那是沒關係……不過妳打算做什麼？」

「既然週六要去約會，就需要約會穿的衣服吧？」

「……咦？」

「咦？」

海露出難以置信的表情。

「你該不會想拿已有的衣服蒙混過去吧？」

「……不行？」

「不行。」

「我……我對功能性有自信——」

「不行。」

「……是。」

於是週五的計畫也自動定案。

至於錢的事，只能老實跟媽媽說了。

於是我們過完剩下的平日，來到約好的週五放學後。

我與海一如往常在我家玩……原本應該是這樣，不過我們搭上電車，去逛離我們最近的鬧區車站大樓。

我們最後一次來到這裡，應該是在一、兩個月前吧。我們兩個人一起逛動漫店，在漢堡店餵我薯條，在遊樂場開心玩鬧。

當時的記憶我都能清楚回想起來。這麼說來，我對天海同學和新田同學說出類似找碴的話也是在這個時候。

現在回想起來，當時的我還真是青澀啊。好難為情。只是我覺得自從那次以後，我與海的交情有了大幅進展，想到現在我們已經可以像這樣約好了要約會，也許應該慶幸有出過那次洋相。

第一次被海溫柔撫摸我的頭也是在那個時候。

我與海來到這個可以說是回憶之地的地方，然而今天並非只有我們兩個人。

天海同學甩動一頭引人矚目的亮麗金髮在我們身旁哼著歌。

「抱歉了，天海同學。害得妳們必須排開計畫。」

「不會，別放在心上！難得你們要第一次約會，得趁著這個心意強烈的時候好好玩個開心才行。嘿嘿，今天要讓真樹同學穿上什麼衣服呢？」

「……還、還請手下留情。」

今天除了海以外，天海同學也來幫我挑選衣服。原本跟海一起玩的計畫就往前挪到今天，不過這並不是天海同學的要求，而是海的決定。

「首先要去舊衣店，所以出了出入口之後要右轉。你們兩個都跟好了，不要走丟。尤其是真樹。」

「不用擔心啦……我雖然想這麼說，不過看這個人潮真的有可能發生，真傷腦筋。」

多半是因為年關將近，車站月台比起平常更加水洩不通。從公司尾牙到個人性質的集會等等——為了因應即將來到的年底與年初，整個城市都變得忙碌了幾分。這麼說來，從搭乘的電車裡看出去的景色也加上了聖誕節的燈飾，露出和以前不一樣的表情。

「哇啊～……本來以為這種人潮我已經習慣了，但是今天就連我都有點受不了……哇，啊喲喲！」

我們慢慢爬上通往車站出入口的樓梯，結果走在我身後的天海同學似乎被人潮絆了一下，失去平衡。

這裡的車站月台還算寬，但是樓梯和電扶梯很窄，一旦人潮湧現馬上就會變得人擠人。如果沒有跟緊人流，轉眼間就會動彈不得。

「天海同學還好嗎？」

「啊，嗯。對不起喔。」

我為了避免天海同學跌倒趕緊伸出手，她也立刻抓緊我的手。

第一次握到天海同學的手，她的手比我想像中更小。雖然這也是跟海比較的結果。

女孩子的手握起來是什麼感覺，可沒有那麼多機會了解。

「喔～真樹同學的手意外粗糙耶。有種男人的手的感覺。」

「會嗎？因為我有在做家事，手會稍微比較粗，還有就是打電動的繭吧。和有在運動的人相比差得遠了。」

男人的手……這個形容多半更適合用來描述望吧。之前握手的時候我就有這種感覺，一部分是因為體格差距，他的手本來就大，再加上每天參加社團揮棒投球練出來的繭，感覺就像手上有層石頭一樣硬。

我牢牢牽著天海同學的手避免走散，跟上在人潮當中領先我們幾步的海。

「你們兩個，我才剛說。」

「嘻嘻，對不起喔，海。」

「不過幸好沒有跌倒受傷……對了，夕，已經不危險了，差不多可以了吧。」

「咦？」

「就是，妳的……手。」

「手？……啊！」

只顧著感受擠出人群的開放感，沒發現天海同學的右手還握著我的手。

海瞇起眼睛盯著我。

……糟糕，這下搞砸了。

「對不起喔，真樹同學。是我沒注意。」

「不會，我才是……這個，對不起，海。」

「不用那麼過意不去。我又沒生氣。」

海多半也有看到天海同學差點失去平衡，即使如此，哪怕是情急之下的行動，看到我和其他女生牽手心裡應該也不會好受。

我應該立刻好好對海道歉，但是這樣又會害得天海同學畏縮。

這個時候該怎麼辦呢？

好吧，雖然我沒有這種經驗，但是能做的事也不多。

「————」

三個人走出出入口，前往第一間店的路上。

我走到海的身旁，若無其事地摸摸她的手指。

「……做什麼？」

「沒有，這個……因為我不想和海走散。所以。」

「……好吧，我沒關係。」

「謝了，海……還有，剛才的我有點沒神經，我要跟妳說，這個，對不起。」

「……笨蛋。」

如此說道的海握住我的手，同時緊緊挽著我的手臂。

「那個，海同學？」

「少、少囉唆。」

我只是想若無其事地牽手就好……然而有這麼多人在看，而且身後就有面帶竊笑看著我們的天海同學，我不由得心浮氣躁。

「哎呀？感覺海和真樹同學的模樣好耀眼，沒辦法直視呢～？這樣我會走丟喔～？」

「夕掛在我的包包下面就好了。這樣一來重量改變我就會發現。」

「把我當成鑰匙圈會不會太過分了？不過這也挺有點意思——嘿！」

「嗚咕……不要真的把全身體重掛上來……真是的，我又沒在生氣。好了，店快要關門

了，趕快走吧。」

海雖然放開我的手臂，但是直到抵達店家為止，她都牢牢握住我的手。

海牽著我的手，首先前往海與天海同學表示偶爾會去的舊衣店。

位於住商混合大樓一樓的這間店，看起來是販賣外國廠商的衣服和飾品。店內裝潢很講究，如果只有我一個人，多半會敬而遠之。

我跟在兩人後面打開門走進店裡，就有一股像是鑽進舊衣櫥時，摻雜除蟲劑與老舊木材的氣味飄進鼻腔。

店內的氣氛和我形成兩個極端，但是這個獨特的氣味不禁讓我感到中意。

「總之先在這裡挑選整套上半身……真樹，話說你今天的預算有多少？」

「差不多這樣。」

我豎起兩根手指含蓄回答。

如今我的錢包裡有兩萬圓。對於我這種沒有打工的高中生來說，算是相當大一筆錢，但是我跟媽媽說要約會，以及約會前一天要跟海去買衣服，她立刻遞給我兩張萬圓鈔票。一問之下，似乎是以往毫不在乎穿著打扮的兒子開始產生興趣，讓她很開心。

因此如果找個便宜的地方，多半足夠湊出一整套服裝，而且海也是這麼打算吧。

兩人一走進店裡就開始挑衣服。

「欸欸，海，這個！這件怎麼樣？真樹同學也是男生，我想他應該會喜歡這種。」

「唔，軍裝外套啊……算是安全牌，不過真樹的身高比起男生的平均值矮一點，所以總覺得有點孩子氣——看吧，果然鬆垮垮的。」

「會嗎？我反而覺得變得可愛很好啊……欸，真樹同學，你穿一下這個看看……怎麼樣？不錯吧？」

「這個，該怎麼說……」

我在這裡的工作，就是專心擔任她們兩位的換裝人偶。

雖然海最近有在慢慢教我，但是我對大眾的時尚品味還是很生疏，所以首先請她們選出幾個候選方案，然後由我憑自己的感覺挑選，這樣應該就可以了。

但是女性店員看著我們，也不知道是否有什麼誤會，頻頻對我投以溫暖的視線。

……她還微笑豎起大拇指，那是什麼意思呢？

「嗯～眼前外套留到之後再決定，底下的衣服要怎麼辦……真樹，來，過來這邊。」

「啊，好。」

我們拿著篩選過後的三件外套前往另一個貨架，挑選穿在外套下面的衣服。

反正會被外套遮住，穿什麼都好……如果說出這種話多半會被罵吧。

「啊，海。說到這個，配件之類的要怎麼辦？像是圍巾那些。」

「不，圍巾有我送他的就夠了。真樹，記得明天不可以圍自己的圍巾。而且那一條也太舊了。」

「可是那還能用……」

「不行。」

「是。」

我現在圍的圍巾其實也是海之前送給我的。是一條偏深灰色搭配紅線的格紋圍巾。雖然覺得與制服有點不搭，但是品質很好又很暖和，所以我現在都圍這條。

也因為是海以前用過的圍巾，把鼻子埋進去就可以微微聞到海的味道，讓我覺得海隨時陪在我身邊……當然了，這件事我沒有告訴任何人。

之後我們也一直待到快要打烊的時間，一邊和天海同學商量，一邊挑選經過兩人綜合考量覺得不錯的衣服。

走出試衣間，為了讓她們兩人好好確認，我以僵硬的動作原地轉了一圈。

「……好，怎麼樣？」

「嗯。畢竟沒時間慢慢挑，還算可以吧。」

「我覺得很好啊？很可愛，我覺得非常好看！我跟海真有一套！」

因為促銷只要半價的名牌外套，以及使用厚實牢固布料的法蘭絨襯衫等等，全部加起來還不到一萬圓。

至於我自己的感想，扣掉我的臉以外，她們兩人的選擇果然很有一套，讓我覺得整個人勉強可以見人了。而且不是只有外表好看，同時也很保暖。

要感謝認真為我挑選的海。當然也要感謝天海同學。

「謝謝妳，海。」

「不客氣。啊，圍巾又歪了。」

「咦？會嗎？」

「是啊。真是的，一個沒注意你就這麼隨便……好了，這樣就可以了。」

一走出店外，海立刻幫我整理脖子上的圍巾。

原本以為圍巾這種東西只要放在脖子上隨手繞一圈就夠了，但是似乎有很多講究。實際體驗過這一點，就不禁覺得挑選衣服也很費事。大家竟然理所當然地做著這些事，看在我的眼裡只覺得很厲害。

「唔～……海和真樹同學簡直就像新婚夫妻。欸，你們真的真的還不是男女朋友嗎？」

「這個嘛……這方面我們也有很多考量。」

「嗯，是啊……」

「這樣啊。那麼等到你們成了男女朋友，要馬上跟我說喔。因為我希望第一個祝福你們。一定要喔？」

天海同學也這麼說了，我也想好好努力，希望一切按照計畫順利進行。

我們離開舊衣店後，為了買鞋子和褲子湊齊一整套行頭，於是回到車站大樓逛量販店，然後總算可以喘口氣。

「累、累死我了……」

現在是上洗手間的時間，我暫時和她們分開，獨自待在大樓的洗手間裡長嘆一口氣。看一下手機，現在的時間是下午七點多。我們抵達車站是五點左右，所以只是購買我的衣服就花了大約兩個小時。

我有時候也會出門買東西，不過幾乎都是只買打算要買的東西便立刻回家，這還是我第一次為了買東西花這麼多時間。

我只是任由海和天海同學擺布就搞得這麼累，為了我奔波的她們卻與我相反，現在依然活力充沛。我單手拿著手機跟她們商量接下來要去哪裡吃飯。

我已經想回家了，回家再悠哉吃飯……但是今天完全承蒙她們兩位照顧，所以我得再努力一下才行。

當然了，不是只有今天，也包括明天的正式約會。

這時海發來訊息。

『（朝凪）　嗨。』

『（前原）　嗨。』

『（朝凪）　真樹還活著嗎？』

『（前原）勉強。』

『（朝凪）是嗎？晚餐要吃哪裡已經決定了，你好了就快過來。』

『（朝凪）今天要久違地大吃一頓。吃燒肉吃到飽。』

『（前原）嗯，了解。』

『（朝凪）啊，還有。』

『（朝凪）謝啦，真樹。』

『（前原）謝什麼？』

『（朝凪）就是，陪著我和夕任性。』

『（前原）不會啦。』

『（前原）因為看到妳們這麼開心，我也很開心。』

『（朝凪）這樣啊。那就好。』

『（朝凪）欸，真樹。』

『（前原）還有什麼事？』

『（朝凪）就是明天。你好好期待吧。』

『（朝凪）我會超級努力打扮得可愛。』

也就是說不是上次那種寬鬆連帽外套搭配運動鞋的休閒打扮，而是為了約會好好打扮的服裝。

海什麼都不做就已經很可愛，明天還會好好打扮過來約會。

這樣一想，就覺得有點湧起氣力。

因為怎麼想都覺得她絕對會很可愛。

「……好，也有精神了，再陪她們一會兒吧。」

我回了一句「我很期待」後便走出隔間，趕往正在等我的兩人身邊。

我仔細洗手，用手帕擦拭還有點濕的手，稍稍整理一下瀏海和頭髮，然後小跑步離開洗手間。下個瞬間——

「喔喲。」

「唔！啊……」

我在入口撞到一個剛走進洗手間的人。

撞擊力道導致那個人手裡的資料散落一地。

……不妙，我搞砸了。

心裡想著海明天的打扮與等一下吃飯之類的事，我只要一想事情就容易注意力散漫，這是我的壞習慣。得小心一點才行。

「對、對不起……我、我有點趕時間……我馬上撿。」

「啊啊，不用在意。我也一樣不小心——」

就在我們伸手想撿同一張紙的瞬間，穿著西裝的那人停下動作。

「——什麼啊，我還以為是誰，這不是真樹嗎？」

「咦？」

被叫到名字的我抬頭一看。

「啊！……爸爸。」

眼前的人是我想忘也忘不了的人。

「好久不見了，真樹。」

他就是我的父親前原樹。

爸爸用一如往常的溫和笑容與他的大手摸摸我的頭，臉上帶著從我的世界消失時一樣的表情站在那裡。

爸爸穿著記憶中的那套熟悉的西裝出現在我面前。

當然了，並非西裝的顏色與領帶的花紋都一樣。然而他的穿著打扮完全沒有改變。

剃短的頭髮也是一樣。

還有擦了一點平常愛用的古龍水氣味也一樣。

即使過了一年，他還是一如往常的那個父親。

「好巧啊，真沒想到會在這裡遇到……上次見面記得是在暑假前吧？」

「嗯，當時是夏天，熱得讓人吃驚。現在反而穿得很厚，已經是冬天了。」

「抱歉啊。其實我應該騰出更多時間見面……之後工作又變忙了。」

「那麼今天也是？」

「算吧。湊巧這裡是接下來的工作地點……今天我正要回去。雖是說回去，只是要回公司，還有很多工作沒做。」

只看一眼資料上的文字，似乎是個要在幾年之後重建這棟車站大樓的計畫，而這個計畫似乎與爸爸有關。

爸爸是在大型建設公司上班，經常與民間公司或是政府等客戶接洽，負責許多大規模的案子。

「感覺很辛苦呢。身體還好嗎？」

「別擔心。我有乖乖去健康檢查，對體力也有自信。」

如此說道的爸爸對我笑了笑。爸爸的年紀已經是四十歲後半，但是他說大學時代打橄欖球鍛鍊出來的身體直到現在還很硬朗，整體體格健壯又結實，個子也很高。

看起來年輕得不像有個已經就讀高中的小孩。

我明明是爸爸的小孩，但或許是繼承媽媽的血統比較多，跟爸爸不太像。忘了是什麼時候，親戚阿姨說過我「眼睛果然很像爸爸」，但是我直到現在還是認為那是錯覺，要不然就只是隨口說說。

「對了，你今天怎麼會來這裡……啊，當然是來玩吧？真樹也已經是高中生了。當然會來玩了。」

「啊，不是，我是來買東西……你看，我現在穿的運動鞋已經挺舊了。」

「嗯，這樣啊？你……有交到朋友嗎？」

「算是維持現狀吧。和之前見面時一樣。」

我想也不想就這麼回答。其實我有海，有天海同學，最近在學校裡也常跟望說話，人際關係有了無可比擬的改變。

……但是我不說。

總感覺說不出口。

「這樣啊……抱歉，問了奇怪的問題。」

「沒什麼關係啦。我就像平常一樣努力。倒是爸爸可以在這裡跟我閒聊嗎？好久沒有像這樣說到話，我很開心……可是你得回公司吧？」

「啊，我都忘了。而且我連洗手間都還沒上呢。」

倒不是不想再和爸爸說話，但是海與天海同學正在等我，還是趕快結束比較好吧。離婚時的約定是到我高中畢業為止，隔一、兩個月要見一次面，所以還能見到吧。

『（朝凪）　真樹還沒好嗎？』

『（天海）　真樹同學～肉～』

我瞥了手機畫面一眼，看見兩人發來催促我的訊息。

所以和爸爸的重逢差不多就到這裡，現在要以她們為優先。

而且似乎也有人在等爸爸。

「——前原部長，請問……」

「唔！是湊啊？我不是叫妳等我嗎？」

「對不起。我有等了，但是部長比平常晚回來，而且又聽見說話的聲音，所以……」

一名身穿灰色套裝的女性向爸爸搭話。她稱呼爸爸為部長，多半是公司的部下吧。是個眼神銳利，非常漂亮的女性。

「爸爸，這位是？還有，你果然又升官了吧。恭喜你。」

「謝謝。雖然薪水沒漲，只有辛苦加倍就是了。不過願意做的人也只有我。然後這個人是我的部下湊。湊，這是我的兒子真樹。」

「啊！部長的公子——你好，我叫湊京香。」

「啊，呃……我是前原真樹。還請多多指教……」

她遞給我的名片上面寫著「主任」，所以這個人多半在工作方面也很厲害吧。年齡大約二十歲後半，但是據說就算是主任，在大企業裡也不是那麼容易當的。

「看你好像工作很忙，我先回去了。爸爸再見。」

「嗯，再見。」

「……」

我和舉起手的爸爸，以及在爸爸身旁微微鞠躬的湊小姐道別，快步走向海與天海同學等我的地方。

和爸爸說話的時間明明只有短短幾分鐘，但是對於等待的人來說意外漫長。最先發現我的身影的人是海，看得出來她鼓起臉頰。

「真樹，你有點慢耶。迷路了？」

「差不多吧。」

我雖然猶豫該不該說出見到爸爸，但是只要說了就會很花時間，而且現在天海同學也在，所以決定先不說。

買東西也累了，而且我的肚子確實也餓了，不太想把體力花在多餘的地方。

「抱歉啊，海。讓妳擔心了。」

「不會，我只是覺得有點慢。不過不用在人這麼多的地方廣播找朋友真是太好了。城東高中一年級的前原真樹同學？」

「那真是太好了。」

上了高中還這樣真的很難為情。而且要是被多半還待在大樓裡的爸爸和湊小姐聽到，那可不只是丟臉而已。

「欸欸，真樹同學，海現在看起來是這樣，其實在你回來前不久，一直都心浮氣躁——呼咕！」

「夕～？別廢話了，趕快走吧～？」

「唔～唔唔唔～」

「好了，真樹也是……走吧。」

「嗯。」

我牽著海伸出的手，和她們一起走向今天要去的最後一間店——吃到飽的燒肉店。

「……我說啊，海。」

「嗯？什麼事？」

「……沒有，只是覺得海果然好可愛。」

「揍你喔。」

「開、開玩笑的，只是開玩笑，對不起。」

既然我們來日方長，得跟海提起父親的時候遲早會到來。

（我不認為自己懷著什麼奇怪的心結……可是總覺得不太舒服。）

海、天海同學、望，以及爸爸。

許多人的臉閃過腦海，讓我在心中自言自語。

去年聖誕夜那天。

家母前原真咲與家父前原樹離婚。

離婚的原因我不清楚。以前我也有過幾次想知道理由，但是考慮到媽媽的心情所以不方便開口，離婚後即使我不著痕跡地向爸爸問起，他也只是說：「是我害的。」所以我打算把過去的事情都忘了，之後不再提起這個話題。

我時常因為爸爸的工作需要轉學，雖然因為這樣在學校沒辦法和大家打成一片，但是只要回到家就有媽媽，而且即使需要等到深夜，爸爸也一定會回家稍微陪我玩一下。

即使沒有朋友，我依然有地方可以回去，還有爸爸和媽媽。

即使不太喜歡學校，我還是很喜歡家裡。

可是自從某一天爸爸升官變得更忙以後，爸爸與媽媽之間的氣氛就開始一點一點慢慢變得奇怪——

「——樹，真樹。」

「……」

「……嘿！」

「啊！好痛！」

發現額頭竄過輕微的疼痛，這才總算回過神來。

久違地見到爸爸，季節也正好是十二月……因此讓我愣愣地想起以前的事情，心不在焉，忘了現在我是和海以及天海同學在一起。

「真是的，虧人家特地問你要點什麼，你卻一直心不在焉回些『好』、『嗯』之類的……真樹，一個人的時候是無所謂，但是在別人面前發呆太久很失禮喔。」

「抱歉……我第一次花這麼長的時間買東西，所以大概有點累了吧……」

我們三個人為了吃晚餐來到燒肉吃到飽的店。這是限時兩個小時的點菜制吃到飽，包括沙拉吧、飲料吧、冰品吧在內，一個人是兩千圓，以菜色來說算是很划算。

「真樹，你還好嗎？不舒服的話不用勉強。」

「不會，沒事。我只是在發呆，並非肚子不餓……啊，我選這個『厚切牛舌』吧。」

「喔，不錯耶。那我就選『上等橫膈膜』吧。夕呢？」

「嘻嘻，我當然選『帶骨牛小排』吧。剩下就隨便點些香腸、海鮮拼盤之類的吧。還有當然也要白飯。」

沒錯，雖然在意想不到的地方遇見爸爸，讓我不禁胡思亂想，但是現在的我不像爸爸以為的那樣，只有自己一個人。

「啊，等等，夕，妳已經拿冰了嗎？就算是吃到飽也裝太滿了吧？」

「海不也像小孩子一樣把可樂和乳酸汽水混在一起嗎？喝太多飲料，肚子會塞滿碳酸喔。啊，我的冰是另一個胃所以沒關係。真樹同學也這麼覺得吧？」

「不，我覺得妳們半斤八兩……」

「咦～會嗎～？海，他這麼說耶。」

「不，真要說來是夕比較幼稚吧……而且我只是調了一杯試試看。」

「那是無所謂，可是不管是海還是天海同學，都要好好吃蔬菜喔……」

今年想必會有很棒的回憶。有海，有天海同學，還有……所以去年的事全都拋在腦後，只要想著未來的事就好。

翌日是週六，迎來期待已久的正式約會。

被窩外面還是一樣冷，而且是假日，所以睡個回籠覺睡到中午……我是很想這麼做，但是今天可不能如此。

「約會的時間是十一點，約在和昨天一樣的車站站前……是這樣吧。」

上午十一點和海見面——我不由得又看了一次昨天已經檢查過好幾次的行程表。

現在還是早上，距離約好的時刻還有相當多時間。所以即使把移動的時間考慮進去，應該還是可以繼續穿著睡衣悠哉一會兒，然而這是我第一次與海進行像樣的約會，所以總覺得有點心浮氣躁，靜不下來。

就這樣勉強自己不動也不是辦法，所以簡單吃過早餐後便穿上前一天買的衣服。

「……差不多就這樣吧。」

看著自己映在穿衣鏡上的身影——雖然無法確定好不好看，但是我覺得比平常的一身黑好多了。

接下來這樣的機會也會逐漸增加吧，所以就算是為了不讓海出醜，或許應該慢慢對時尚抱持興趣吧。只是這麼一來有多少錢都不夠用。媽媽雖然莫名大方地說過：「這也是為了小海，所以必要的錢我會出。」但是考慮到我和媽媽兩個人的生活，實在不想做出會對家計造成太大負擔的事。

這下子果然還是得打工吧？上了高中有很多人打工，所以並不稀奇，但是我真的能夠辦到嗎？

不，只要再過幾年，即使不想也得出社會，所以也只能作好覺悟，而且將來我和海……不，再妄想下去會停不下來，今天先到此為止吧。

總之到今天的約會費用為止，我就心懷感激接受媽媽的好意吧。以防不時之需，除了昨天的置裝費外，媽媽還多給了一萬圓，由於今天是各付各的，所以只要不浪費應該夠用。

衣服也換好了，要帶的東西也全都放進包包。

「還有就是儀容也要仔細檢查……」

我拿起髮蠟依照海的教導整理頭髮，但是這個相當困難。

和班上屈指可數的可愛女生打好關係，甚至還要去約會，在鏡子前面沒完沒了地整理髮型十幾分鐘——如果對剛結束暑假的我說這些事，我肯定不會相信吧。

「……總覺得跟海幫忙弄的不一樣……又覺得再弄下去會往奇怪的方向發展……」

當我正在和自己的瀏海搏鬥之時，告知有客人的門鈴聲響起。

我正在忙啊，到底是誰……雖然冒出這樣的念頭，但是要說這個時間會有哪個客人上門，也只想得到一個人。

『……喲。』

「海。」

『……外面很冷，如果可以讓我先進去，我會很開心。』

「啊，嗯。進來吧。」

今天應該是約在外面碰頭，但是我個人覺得哪裡都好，順便請她幫我看看髮型吧。

「───喔。」

然而當海進門的瞬間，這樣的想法頓時被我拋到腦後。

看到她的瞬間，馬上就是覺得好漂亮。

由於我對於時尚一竅不通，像是衣服的色調、服裝種類、設計之類的我都不懂，但是這是我最真接的感想。

明明時常在一起，理應已經看慣了，還是不由得看得出神。

「真是的，你在發什麼呆啊？來，說聲早安。早啊，真樹。」

「啊……啊啊，嗯。早啊，海。」

「好。那麼打擾了……呼───真樹家果然好暖和～真樹，咖啡和紅茶，你要哪種？」

「那就紅茶……不對，我來泡吧。」

「沒關係。今天讓我來，真樹坐在沙發上等著。來───」

海以熟門熟路的動作走進客廳，開始準備兩人份的飲料。像是杯子、方糖、咖啡等各種東西放在什麼位置——由於最近幾乎都是一起弄，前原家的廚房完全在她掌握之中。

「要糖和奶精嗎？」

「今天就不用。我想先醒醒腦。」

「嗯。那麼我也一樣吧。」

我的視線投向正在準備飲料的海的側臉。不知道是否化了淡妝，臉頰比平常更白更漂亮，塗了口紅的嘴唇微微帶有光澤。眉毛和睫毛看不出來，但是多半經過仔細打理。就看得見的範圍來說，飾品只有髮夾，但是我覺得即使不戴耳環或項鍊之類的飾品，散發的氣場也已經足夠閃亮了。

聽說化妝會讓女性給人的印象產生極大的改變，但我還是第一次親眼見證這個效果。媽媽平常也會化妝，但是……算了，關於這點不予置評。

「好了，久等了。可以坐你旁邊嗎？」

「……請。」

「嗯。」

海擠進我稍微挪動之後空出來的空間，坐在我的身旁。

這是香水嗎？有種跟平常不一樣，但是非常香的氣味。

「真樹，你在看我的腳——不，是在看大腿吧？」

「呃……不是，因為我覺得看起來很冷。」

雖然不知道該不該提，但是海今天穿的裙子很短，而且又沒穿絲襪，所以可以看到光溜溜的大腿。

我也是男人，目光說什麼都會被吸引過去，而且這個女生還是海，那麼更不用說。

「當然會冷了。坦白說，光是離開家門走到真樹家就讓我後悔了。」

「那麼不用逞強也沒關係啊。」

「你說得沒錯。可是既然是難得的約會，我當然想讓你看到我可愛的模樣啊？想讓真樹……讓我最要好的男生看到。」

海把手輕輕放到我的手背上。像這樣牽著手已經是家常便飯，但是總覺得今天就是比平常更難為情，無法直視她的眼睛。

「這個嘛……我確實感受到妳非常努力打扮了。」

「對吧？別看我這樣，昨天晚上和今天早上，我可是煩惱了很久。像是要配合昨天幫真樹挑選的衣服，不要顯得突兀，但又不能因為太搭而樸素——之類的。」

「……這麼說來也是。」

我只要穿上昨天買的衣服就好，所以不需要思考，海卻非得從大量的選項當中再三煩惱不可。

雖然連和我站在一起這點都要考慮，也未免顧慮得太周到，然而朝凪海就是這麼一個女孩子。

「那麼妳之所以不在約好的地方碰頭，而是來我家接我……」

「嗯，我有想過可能會造成你困擾，可是還是想趕快讓你看到。」

這點在我看到她的打扮時，立馬就能看出來。

即使看在完全沒有穿衣品味的我眼裡，現在的海仍是那麼可愛。

「欸，看在真樹眼裡，今天的我怎麼樣？」

「還能怎麼樣……這個。」

「從你剛剛看到我時的反應就能隱約知道。可是我也想好好聽你說出完整的感想。用說的……說我好看。」

剛看到時因為看得出神，錯過開口的機會，但是我也想好好用言語傳達給她。

立刻開口與隔了一段時間再說，想必是前者比較能夠傳達，聽了也比較開心。

「……這個，雖然像這樣要面對面開口感覺很難為情。」

「嗯……怎麼樣？」

我一邊感受臉頰因為難為情而發熱，一邊告訴海：

「——很、很漂亮，海。我真的看得入迷了。」

「…………」

我想應該還有很多可以用來讚美的詞彙，不過這是才疏學薄的我現在能對海說的最好的讚美。

「是、是喔。謝、謝謝你……這個，就是，不枉我那麼努力了。」

「是、是嗎？那就好。」

「嗯……嘿嘿。」

雖然是很平凡的話語，但是眼前的海似乎也感到心滿意足，所以這樣就好吧。

……雖然搞得我一大早就很難為情。

到了後來，我和海一起玩遊戲，看漫畫，邊發呆看著電視邊聊天，一直待到本來約好的時間。

……本來我是這麼打算，然而就是會在意身旁的海。就算喝著咖啡看著電視，視線自然而然會飄到海的身上。

海還是一樣很柔軟，有股很香的氣味。

話說回來，昨天明明應該同樣吃燒肉吃得飽飽的，為什麼我就有大蒜味，海卻只有甜甜的香氣呢？問了之後才知道，她說早上泡過澡，還好好做了應對口臭的對策。

「來，口含錠和口香糖。我已經習慣了所以沒關係，但是周遭的人就不是這樣。而且今天要看電影。」

「好。」

我把海給我的兩樣東西丟進嘴裡，然後在玄關穿上昨天買的靴子（似乎是叫做短靴還是工作靴）。

我平時的作風是每天穿便宜的運動鞋，直到變得破破爛爛為止，所以穿這樣的鞋子感覺很新鮮，但似乎是因為不習慣，感覺有點小。

「真樹，有沒有忘記帶東西？錢包有放進包包嗎？沒有手帕的話，我帶了兩條喔。」

「不，這倒是沒問題……感覺海就像媽媽一樣啊。」

「會嗎？真樹也知道自己有點少根筋，有點邋遢吧？所以我總覺得非得多顧著你才行。而且真樹又會老實向我撒嬌，讓我覺得這樣也很可愛。」

這是母性本能受到刺激了嗎？她很積極照顧我，所以就海的觀點，她多半是心甘情願這麼做，可是……往後我得更加振作才行。

「那麼我們走吧。」

「好。」

我們走出玄關，兩個人並肩搭電梯。

「呼～為防萬一才準備的，不過有沒有穿薄薄的絲襪，感覺還是完全不一樣呢。」

「那是當然。這種時候還是別逞強，依照感覺冷的身體本能去做比較好。」

海來我家時是直接露出大腿，考慮到這樣會著涼，還是請她穿上絲襪。能理解海想讓我看到可愛模樣的心情，但我覺得這樣可減少很多顧慮。特別是就視線要往哪裡看這點來說。

「啊，可是像是車站樓梯時要站在我身後，好好保護我喔。這個裙子這麼短，蹲下來就能看見了。」

「是這樣嗎？」

「嗯。聽說有些男人喜歡這樣。雖然不是每次都會遇到，偶爾還是會感覺得到視線。」

她是指偷拍之類的事吧。我本以為這種事只會發生在新聞裡，對我而言很遙遠，但是與海這樣的女生在一起，頓時變得無法置身事外。

「知道了。我會儘量注意。」

「謝謝。啊，可是也有可能發生保護我的人自己偷看的情形～……而且真樹也挺色的。像是剛才我玩遊戲輸掉很懊惱的時候，你也若無其事地偷看吧。」

「唔咕！」

果然被看穿了。我只看了一下子，而且當時海應該專心看著畫面，果然女生就是感應得到嗎？

「……呃，抱歉。」

「啊啊，沒事沒事。我不是在生氣。而且我也知道今天穿成這樣，被人多看幾眼也沒什麼好說……可是，相對的可以問一下嗎？」

「……請問什麼事呢？」

「呵呵，這個啊～……」

海挽著我的手臂貼了過來，在耳邊用讓我覺得發癢的聲音悄悄呢喃：

「──那麼，那邊怎麼樣？」

「什、什麼？」

「少來了，你明明知道～」

「……我、我沒有一直盯著看。」

雖然只有一瞬間，但是我記得清清楚楚。就這種時候來說，千萬不能小看高中一年級男生的記憶力。

想必不只有我一個人是這樣……應該說我是這麼希望。

「總之，不予置評。」

「哼～好吧，算了，就當作是這麼回事吧。」

「說、說什麼算了，本來就是這樣。」

「真是的，就愛逞強～你看看你！」

「就說不要戳我臉頰……」

海為了今天的打扮煩惱了相當久，搞不好連那個地方也……不，別再思考那種事，導致妄想停不下來了。

冷靜想想，現在的我真是噁心。

「嘿嘿，感覺今天會很開心呢。應該說我絕對要玩個開心，你可要認命喔。」

「我還沒開始就已經感覺很累了。」

我就這麼被海玩弄於股掌之上，真不知道除了遊戲以外，真的有我能夠還以顏色的那一天嗎？

雖然維持現狀也不壞就是了。

我並不討厭被海捉弄。

於是我與海的第一次約會就這麼稍微提早一點開始。

今天的計畫只有決定去看電影。因此之後我們打算兩個人在街上閒晃，看情形再決定。

「海，手怎麼辦？」

「嗯~也是啦，難得今天約會。」

如此說道的海和我十指交握。

「就這樣吧？」

「嗯……也是，而且今天又很冷。」

「真樹只是想和我牽手吧~？受不了，你真的很愛撒嬌耶~」

「……那就算了。」

「駁回。嘻嘻。」

我的手被她牢牢握住，所以今天一整天多半都會這樣吧。

我現在就開始擔心自己的手汗會不會弄髒海的手了。

我與心情大好的海一起走向車站，在途中等紅燈。

忽然發現我與海的身影映在藥妝店的玻璃上。

由於是請海花費所有預算幫我搭配穿著，如果只從服裝的觀點而言，即使我們站在一起，我想也不是那麼不自然（臉先不論）。

彷彿隨處可見，稍微努力一點打扮的高中男女——然而這全都是多虧了海顧及我的狀況，關於這點可不能忘記。全靠海努力多方思索、煩惱之後，才有這個結果。

畢竟事到如今我的外貌也不可能改變，雖然被拿來說笑是無所謂，但是我不希望對我說「喜歡你」的海也被相提並論。

所以我想至少在自己能夠做到的範圍內，想辦法一步步改善。

……站在（計劃成為）海的男朋友的立場考量。

「嗯？真樹怎麼了？」

「……如果妳以後也能多教教我，我會很開心。我會努力的……這個。」

「這個？」

「……為、為了海。」

我微微加重力道握了握海的手，用只有身邊的海聽得見的音量低聲開口。

面對面說這種事很難為情，但我認為只有這句話非說不可。

「……哼～？」

「怎、怎麼樣啦。」

「沒有，我只是覺得今天的真樹一舉一動感覺更可愛了。」

「……男生被說可愛是值得開心的事嗎？」

「平常我認為不太好。不過只要是我對真樹說的，你可以儘管開心。我保證。」

「這樣啊……那麼謝謝。我很開心。」

「嘻嘻，不客氣。」

海靦腆的表情好耀眼，讓我不由得撇開目光。

總覺得尚未抵達離家最近的車站，我們就已經打情罵俏過了頭，但是也不能忘記本來的目的。

我一邊按照海事前的吩咐，站在海的裙子後面守護，走出昨天也來過的車站，前往影城所在的大型建築物。

自認比原訂時間更早出家門，由於途中走得太慢，搭到的電車晚了一班，等我們抵達電影院時，已經是馬上就要上映的時間。

「呃，今天要看的是愛情片嗎？」

「嗯。因為好像在網路上很紅。身為女高中生還是得看過才行。」

今天要看的是一部高收視率電視連續劇的改編電影，一搜尋片名，似乎會跳出「感動到不行」、「太尊了」、「讚到不妙」、「〇〇（主演演員）好可愛」等評語，看起來頗受好評（？）。

我雖然喜歡愛情喜劇，但是這種紮實的愛情片不是我自己會特地去看的類別。然而這好歹是我與海的第一次休假約會，偶爾看一下這種片也不錯吧。

而且搞不好意外好看，讓我看了為之著迷……也是有一點這種可能性。

周遭也是像我們這樣的國、高中生。排隊人群也是以女生團體居多，此外幾乎都是像我與海一樣的情侶。幾乎沒有人獨自來看。

我把買票的工作交給海，自己前往輕食賣場。

「啊，對了，海的飲料要什麼？」

「哈密瓜汽水或薑汁汽水。」

「爆米花呢？」

「焦糖口味。」

「我懂。」

平常她都是喝可樂，爆米花則是鹽味或奶油口味，但是在這種地方就不一樣。然而看完電影之後還要吃午餐，所以先選小份的。價格莫名有點高。

銀幕已經在播電影預告片，我們縮起身體，走向角落的座位。

總之先趕快坐下，避免擋到別人……想是這麼想，但是當我們走到票上號碼的座位，馬上發現不太對勁。

「嗯？真樹，你在做什麼？後面還有人要過，趕快坐下。」

「嗯。這我知道……可是這個座位是情人座吧？」

情人座。是為了讓兩個人可以靠在一起坐，設計有如沙發的座位，也是一個人來看電影的人們敬而遠之的地方。

說到這個，我剛才就覺得票上寫的金額比平常高一些，原來是因為這樣啊。

「嘻嘻，其實我一直很想知道坐起來的感覺怎麼樣。正好還剩一組座位空著，而且今天是約會，我想應該可以吧。」

「話是這麼說沒錯……可是我們姑且還是朋友……」

「真是的，少囉哩囉嗦了。在家看電影時也是這樣，沒什麼關係吧？」

「那是看恐怖片時……好吧，票都已經買了，我還是會坐。」

我在海的催促下坐在情人座。

果然不是無緣無故賣這麼貴，坐起來就是比普通座位舒服，而且很寬敞。看樣子多半能夠專心看電影。

「……我說啊，海同學。」

「嗯？什麼事？」

「……為什麼一坐下來就抱住我的手臂？」

當我把爆米花和飲料放到專用的拖盤，目光朝向銀幕時，手臂傳來一股柔軟的感覺。

「誰教這裡是情人座，我想是否應該醞釀一點這樣的氣氛比較好。你看，坐在這種座位的人差不多都是這樣喔？」

我瞄了附近的情人座一眼，發現的確如此，大家都是靠一起，根本不管電影在演什麼，專心打情罵俏。

「還是說真樹不喜歡這樣？」

「……沒有不喜歡。」

就是因為這樣才會貼在一起，而且我本來就想跟海拉近關係，所以才會提起勇氣邀請她出來約會。

「哼哼，真樹就是這麼不老實。戳戳。」

「不、不要戳我的側腹……好啦，正片要開始了，我們看電影吧。」

「好～」

我跟海雖然壓低音量，但是再鬧下去會妨礙到其他人，所以我只能認命任由海擺布。

「欸，真樹。」

「又怎麼了？」

「……如果我們這個樣子被夕或新奈，或是班上其他人看到怎麼辦？有沒有覺得緊張刺激啊？」

「……那就別再這樣也行。」

「不行。」

如此說道的海加重抱住我的手臂的力道。

……我只能祈求這些座位上沒有其他同班同學。

接下來的大約兩小時裡，就來專心看電影吧。

起初我是這麼打算的。然而——

（——這會不會太無聊啦？）

電影上映大約三十分鐘。

我的睡意已經達到顛峰。

買來的爆米花與哈密瓜汽水在開演十分鐘就吃得一乾二淨，之後只是慢慢追著劇情……接踵而至的是因為實在太無聊而產生的睡意。

內容是以校園為舞台的戀愛故事，關於這點我事先查過所以知道，但是或許是劇本不太好，很難把劇情看進去。像是女主角毫無鋪墊便染上只能再活〇個月的神祕不治之症而死，明明應該死了卻又突然登場，現正演到她和主角以及現任女友大吵大鬧的局面。

其他還有很多地方也是充滿吐槽點，所以如果當成搞笑片也許可以看得開心，但是周遭的人都緊盯大銀幕，所以不像是這樣的氣氛。

（看樣子多半又會用個不痛不癢的理由，說聲「謝謝」就消失吧。）

隨著擔綱主演的男性偶像團體團員的哭臉，開始播放雖然很難說明，就是讓人感覺「很感動」的曲子。

我悄悄看了手機一眼，發現時間還剩一個小時以上。

我該怎麼撐過這段苦行呢？

雖然睡意很濃，現在好歹是我跟海難得的約會，當然不能做出看電影看到睡著這種失禮舉動。而且錢都付了，不看也太可惜了。

我瞄了海的臉一眼。

雖然不知道海怎麼看待電影的內容，但是她似乎正集中在眼前的劇情。既沒有發現我的視線，眼角也有著反射光芒的水珠。

我與海對於電影的喜好幾乎一模一樣，所以原本還以為海也會覺得很無聊，不過看樣子海終究也是正值青春年華的女孩子吧。

總之既然海看得這麼認真，我也打算靜靜地振作精神，然而下一幕卻是占滿整個銀幕的床戲。

（感覺莫名情色……）

兩名主演先前都不怎麼入戲，不知為何只有這個場面顯得特別投入。由於本片沒有年齡限制，對於一些遊走邊緣的場面有稍加遮掩，但是兩人的纏綿十分激烈（就我的主觀看法），這點教人很吃驚。

對於沉浸在劇情裡的人，看到這裡是不是會變得氣氛絕佳呢……就在我一面忍受睡意，一面愣愣想著這種事時——

「……嗯。」

有什麼輕輕靠上我的肩膀。

「海、海……？」

「嗯……真樹……」

海似乎對我的呼喚有了反應，坐在身旁的她令人愛憐地抱住我的手臂。

輕柔的頭髮傳來洗髮精的香氣，加上靠在手臂的柔軟觸感，讓我不由得怦然心動。

「海、海，我說……」

難道是內心受到這段莫名漫長的情愛場面影響了嗎？而且她還是第一次以有如撒嬌的動作用臉頰磨蹭我的手臂，更讓我一頭霧水。

我們一直牽著手，但是這種時候到底該怎麼做才是正確答案呢？雖說四周很黑，不過在電影院卿卿我我還是不太好，但是完全沒有反應又——

「……不不不，這樣不好吧。」

海撒嬌的威力太強大，讓我有些動搖，但是現在還是得自律才行。

如果在家裡也就算了，這裡可是電影院，好歹是公眾場合。雖然海對我推心置腹，這麼做對她有點不好意思，但是這時必須以禮儀為最優先。

「我、我說啊，海，這種事情還是在別的地方——」

我為了提出忠告，把身體朝向海的瞬間——

「咕……嗯嘎……」

「……根本睡著了。」

看來被氣氛沖昏頭的人只有我。

海把背景音樂與無聊的故事當成搖籃曲，拿我的身體當成抱枕，睡得一臉香甜。

看來海也和我一樣拚命與睡意搏鬥，到了快演到床戲時終於再也忍不住吧。眼角浮現的光亮水珠，可能是因為打呵欠的關係。

（……這麼說來她應該比我早起來吧。）

沒發現這一點的我獨自慌了手腳，怦然心動。

內心不禁有點難為情。

「真樹……嘿嘿……嗯。」

「……真是的，也不知道她作了什麼夢。」

為了不讓她的打呼聲和夢話被旁人聽見，我用圍巾輕輕纏繞海的嘴巴，然後繼續當海的抱枕，直到電影演完為止。

「——誰教這部電影這麼無聊。」

海直到片尾名單播完，影廳燈光亮起為止，都在我身旁睡得十分香甜，口水都流出來了，完全沒有醒來。然後才說了這麼一句。

「因為機會難得，我沒看任何劇情爆料就跑來看……可惡，偏偏就選在這種時候抽到下下籤啊。」

「這算是看電影會有的事吧。」

「就是這樣。」

走出電影院後，我們兩個人有一搭沒一搭地搜尋詳細的觀後感，該說是理所當然嗎？正如同我與海的感受，各族群對於本片的好惡非常明顯。

就故事走向而言，算是典型的賺人熱淚型，我想對於喜歡這個類型的人而言，應該能夠看得很投入。而且主題曲與插入曲等也請到有名歌手演唱，歌曲本身也不壞。

電影演完後，也有些女生哭得稀里嘩啦，所以這類族群會有所共鳴，至於其他族群則是難以接受——差不多就是這樣吧。

總之，真虧我能努力撐著不睡。

「唔～果然還是不應該硬是做些特別的事，選別的作品才好嗎……其實隔壁廳上映的是《改造巨大食人鯊對最強尼羅鱷古斯塔夫對巨大深海章魚克拉肯對暴走殺人仿生人　超越時空超決戰》。」

「這是什麼全明星陣容？」

「對吧。我很想趕快去看一場洗洗眼睛，可是聽說剛才那檔演完就結束上映了。我要求儘快推出藍光光碟。雖然沒有推出的可能性大概很高。」

好吧，就看電影而言是抽中下下籤，相對的讓我得以看見最近不太有機會看到的海邋遢的睡臉，對我來說絕對不算壞事。

而且約會的目的不是電影，而是和海共度的時間。

只是海的嘴角流出的口水在我的圍巾上留下痕跡這點算是小小扣分。

「好了，午睡也睡飽了，疲勞也消除了，接下來去吃飯吧。」

「是啊。要去哪裡？安全牌的家庭餐廳？」

「那樣也行，不過這次我有好好思考。今天我們要進攻很有約會感覺的地方。」

「即使看電影學到教訓，還敢一腳踏進泥沼啊……當然只要是像樣的店，我想應該不要緊，而且既然海這麼說，我當然也會奉陪。」

「嘿嘿，這樣才對。」

就是這樣，接下來我們前往一家據說剛開幕的咖啡館。

這家店似乎多次受到社群網站與雜誌等媒體介紹，即使已經稍微過了午餐的尖峰時段，還是有人在排隊。

根據排隊導覽牌，似乎要等三十分鐘。

「唔……要等是無所謂，但是這個季節實在……真樹，你還好嗎？會不會冷？」

「我沒事。因為藏了祕密兵器。」

「嗯？那是什麼？」

「這個。」

我邊說邊從包包裡拿出貼式暖暖包。

由於早知道會冷，其實我出門前就在兩隻腳上各貼了一個。這是長效持續型，即使要排這麼久也能放心保暖。

這是怕冷的人冬天必需品。

「真是的，你果然帶了一大堆這種東西。」

「海要不要？」

「給我。」

「拿去。」

「謝啦。」

由於總不能貼在腳上，所以在能用外套遮住的腰部貼了一包。

過不了多久，似乎立刻見效了。

「唔……這是怎麼回事，好舒服喔。」

「也有小的，晚點也貼在腳上吧。」

「嗯……嘻嘻。」

「……為什麼在這個時候笑了?」

「抱歉抱歉。不過我是想到跟真樹在一起的話,果然會變成這樣啊~」

海一邊說一邊把身體緊緊靠著我。整齊的的柔軟短髮撫過我的臉頰,雖然有點癢,奇妙的是我不會覺得不舒服。

「啊,當然不是不好的意思。該怎麼說,就算有好好打扮,也挑了很正式的店……可是不管怎麼照著正常的約會路線走,氣氛總是會變得很放鬆。」

「會嗎?我倒是自認挺努力的。」

「我也這麼覺得。可是突然從包包裡拿出貼式暖暖包,而且大小尺寸都有,讓我覺得果然很有真樹的作風。咦?其實真樹是老爺爺?該不會已經超過七十五歲了?」

「距離那樣還有六十年左右的時間啦。」

不過要說很像老爺爺,也許真是如此。我經常使用暖暖包的原因是在我小時候時,外公外婆經常讓我帶著。然後媽媽也是一樣。

直到不久之前我都還沒有朋友,相對的,我自認有好好得到家人的關愛。儘管怕生與邊緣化讓我彆扭,個性稍微有點扭曲,但是我仍然沒有變壞,也許就是受到這些事的影響。

正因為這樣,海才能夠找到我。

「是啦,海想說的話我也懂。那麼現在的我怎麼樣?」

「什麼怎麼樣？」

「就是……到目前為止，我能否算得上是海的優良約會對象。」

這就是我在意的事。

從約會前的早晨到現在，海一直露出心情很好的笑容，所以我隱約知道她和我一起度過假日就很開心。

那麼作為約會對象，不是作為朋友，而是以異性的角度又是如何？

如果要問我是否讓海更加心動，更讓她感受到男人味的一面……我想應該是沒有。

「……我啊，以前還挺看不起這樣的情形。覺得像個笨蛋排這麼長的隊伍，就只為了吃頓飯，這個時間也太沒意義……」

「那麼現在也是這麼想嗎？」

「怎麼可能。如果是的話，我會老實提議去別的地方。」

否則我才不會在這種寒冷的天氣裡一直排隊等著進去。而且肚子也餓了。

「這個……其實我現在可能挺開心的。雖然這段時間明明只是等待，不過就算是這樣，像這樣幫海貼暖暖包，聊些我像老爺爺這類無關緊要的事……我就會覺得大家是否跟我們一樣，所以就算等待，也不會露出排斥的表情。」

現在也是一樣，感覺周遭處於同樣狀況的人們都差不多。

好冷喔。對啊。對了妳看這個。這是什麼，好讚喔。

雖然對話內容很沒營養，但是似乎都很開心。當然也有例外就是了。

只用看的覺得「沒意義」的事物……等到自己處在相同的立場一看，就會察覺那只是充滿偏見的想法。

是身邊的這個女生教會我這件事。

「搞不好我以約會對象來說還遠遠不夠格……可是，我也打算一點一滴改變。所以……咦？感覺好像偏離原來的主題……不過，總之就是，以後我會一點一滴學習，接下來要請妳多多指教……」

總覺得這番話說得很不得要領，不過這是我目前坦率的心意。

「……呵呵。」

「為、為什麼要笑啦？」

「誰叫你一個人慌慌張張，真是可愛。」

「哎呀，我不太習慣說這種事……」

明明自己問了「作為對象我怎麼樣？」這個問題，卻不知不覺間擅自得出「我還差得遠了，所以不要拋棄我」的結論……我果然還不夠格。

「下一組客人請進～」

「啊！真樹，我們似乎可以進去了。好啦，別一個人鬧彆扭了，趕快進店裡取暖吧。」

「啊，嗯，也對。」

我們在店員的帶領下走進店裡，等著店員依照順序帶位，結果就在這個瞬間，海從後方緊緊抱住我。

「呃，海……？」

「……不用擔心，真樹。我確實感受到心動。」

海在我的耳邊悄悄對我輕聲細語。

現在彼此都穿得很厚，所以感覺不出來，然而即使如此，我還是覺得海的身體慢慢傳來一股溫暖。

「這、這樣啊……那、那就好。」

「嗯。不用擔心，真樹是我的男……不對，呃。」

海眼神游移了一會兒才接著說下去：

「是最要好的，男性友人，所以……」

「呃，嗯，沒錯。的確是這樣。」

「對，就是這樣。嗯。啊，店員在叫了，我們過去吧。」

雖然氣氛變得有些尷尬，但是我並不討厭這種心癢難耐的感覺。

稍微忍受在寒冷天氣等待的時間，我們總算可以吃午餐了。

由於是這種店，價格高了一點，但或許是排隊等待的時間也成為香料，我覺得味道非常棒。我會下廚，但是說不上拿手，所以也沒有資格加以評論就是。

我喜歡的調味料是番茄醬、黃芥末、美乃滋，還有就是化學調味料。

「真樹，你覺得怎麼樣？」

「嗯。包括甜點都很好吃……可是，我有一個不滿。」

「喔，其實我也是呢。那要同時說嗎？」

「可以啊。」

我們看準已經離開這家店夠遠，海喊了一聲：「預備～」

「「——分量太少。」」

我們異口同聲。

「哈哈，就是說啊～」

「嗯，是啊。」

看在一般人眼裡算是標準吧，但對於食欲旺盛的高中生，而且又是比較能吃的我們而言就有點不夠。

「呵呵，雖然才剛吃完飯，不過要不要去吃個漢堡啊？」

「還要有薯條。」

「那當然。洋蔥圈也一起點下去。」

於是才剛吃完午餐的我們接著去吃第二頓午餐。

不管怎麼按照正常的約會路線走，就是會有些時候變得很放鬆。這句話完全就是這麼回事吧。

我們在附近的漢堡店把五分飽的肚子填到八分，然後再次回到夕陽斜照的街上。

現在時間是傍晚十六點左右。我可以玩到晚上沒問題，但是今天海得在晚餐時間的十九點左右回家才行，所以考慮到移動的時間，可以在這裡待到十八點左右。

要決定接下來的兩小時做些什麼——

「欸，真樹。接下來我們去那裡看看吧。」

「哪裡？」

「就是那裡啊，紅色招牌的那裡。」

「嗯？嗯～……」

我的視線慢慢沿著海指示的方向看去，發現全國連鎖ＫＴＶ的招牌。

ＫＴＶ。

是種待在狹小的房間裡，搞不好還得在很多人面前聽別人唱著也不怎麼樣的歌，還有讓別人聽自己一點都不好的歌聲，就是這樣的地方。

「……嗯～」

「快點快點，不要鬧彆扭了。」

我有如散步途中開始抗拒的狗一樣停在原地，對著海表示不滿。

確實，我認為以約會而言，ＫＴＶ是個選擇。

我的確如此認為，考慮到剩下的時間也很合適……可是。

「怎麼了？真樹，你就那麼討厭唱歌嗎？」

「……我沒去過ＫＴＶ。」

「那麼今天就是第一次。」

「咦～……」

「不要咦了，快點走。不然就算用抱的我也要強制把你抱過去。我要行使實力。」

「唔唔……」

海看到我的反應突然變得很起勁。牢牢握住彼此牽在一起的手，將我的抵抗化為白費力氣，用力拉著我走。

「兩個小時，一杯飲料。啊，麻煩算學生優惠。」

海以熟門熟路的動作迅速和店員辦理手續，接著前往使用人數較少的小包廂。

因為是假日，看來其他包廂幾乎客滿了。

門縫間傳來其他客人的歌聲與吵鬧聲。

「快點快點，只有兩個小時，趕快唱歌吧～我先唱，你趁我唱的時候點下一首喔。」

我一邊接過店員送來的飲料，一邊傾聽海的歌聲。

「——♪——♪」

海選的第一首歌是時常會在飲料廣告聽見的女性偶像團體歌曲。由於電視上很常播，所以我也很熟。

「真樹，我的美聲怎麼樣？」

「……嗯，我覺得很棒。」

我是第一次聽到海的歌聲，不過即使是我這樣的外行人，也覺得她的歌聲很棒。強弱和音準也很穩定，聽起來感覺很舒服。

我認為海即使混進偶像團體裡站在C位唱歌，也一定不會顯得突兀。

唱完之後的分數，竟然高達九十八分。雖然我不清楚評分系統，但是這肯定不是那麼容易出現的分數。

「——呼，好久沒唱了，唱歌果然很爽快。來，接下來輪到真樹。」

「啊，不……抱歉，我還沒決定。」

我雖然一邊聽歌一邊操作手邊的點歌機，還是想不到該選什麼歌才好。

我的生活是以宅在房間裡玩遊戲和看漫畫為主，不過也會時常聽音樂，也有喜歡的團體和歌曲。像是心情好的時候，當然偶爾會哼歌。

然而終究只是喜歡聽歌，唱歌又是另一回事。

我不是那麼喜歡自己的聲音。畢竟我一緊張就會立刻破嗓，而且好幾次明明覺得自己已經努力發出聲音，卻被問說：「咦？你說什麼？」

因為有過這種事，比起被別人聽到，我更害怕聽自己的聲音。

「這樣啊，那麼我們一起合唱吧？這樣真樹也比較好唱吧？」

「那麼說也是……可是，我的歌喉真的很差喔？」

「歌喉差也沒關係。因為來這種地方，就是要好好發出平常發不出來的聲音，痛痛快快發洩一下。如果人很多也就算了，現在只有我們兩個。對吧，拜託。我一個人一直唱也很無聊，我們一起唱啦。」

「既然妳這麼堅持……好吧。那就只唱一點。」

雖說我不擅長唱歌，但是讓海一個人唱也不好，所以這個時候就該下定決心點歌。

「海，要點哪首歌？我不知道這種時候該點什麼歌才好。」

「那就從點歌記錄裡面挑選我們都知道的吧。這樣真樹也比較好點吧？」

「也對。那麼……」

我翻閱之前的客人點歌紀錄，點了幾首感覺不錯的歌。

過了一會兒，第一首歌的前奏響起。

「那麼開頭可以交給你嗎？」

「嗯……感覺好緊張。」

「呵呵，每個人一開始都是這樣，放鬆放鬆。就算卡住、走音、很遜都沒關係。」

聽到她這麼說，我也放心了一些。

我深深吸氣，隨著自己的節奏唱了起來。

『唔……——』

「沒問題、沒問題的，真樹。什麼嘛，比我想像中好多了。嘿～嘿～好啊，真樹～！」

雖然開口就很不順，但是海似乎很起勁。

坦白說，我不知道自己的聲音到底好不好，但是既然海都說「沒問題」，那就先當作是OK吧。

『——♪』

海接在我之後唱了起來。她的歌聲果然還是非常棒。

接下來輪到我配合她的歌聲。

我自己的歌聲不怎麼樣，但是只要兩個人一起唱，就覺得海的歌聲勉強彌補我的不足。

我唱，海唱，接著一起唱。

一首歌的時間很快就過去了。

「呼……」

「呵呵，怎麼樣？第一次在別人面前唱歌的感想。」

「……還挺暢快的。」

「對吧？就說大家到頭來都是這樣啦。」

由於是第一次，還是有點緊張的我心臟跳得有點快，但是感覺彷彿運動過後一般情緒獲得發洩。

雖然太多人會感到抗拒，但是如果和海一起，也許就沒有問題。

「好，既然漸入佳境，那就再來一首吧。呃，下一首——」

「海、海，我說。」

「嗯？」

「下一首歌……我，可以一個人唱嗎？那首歌我還挺喜歡的。」

「呵呵，完全沒問題喔。那我就待在特等席洗耳恭聽。」

海這樣正襟危坐讓我不太好唱……不過剛剛才說要自己一個人唱，拚著一口氣上吧。

由於海的體貼給我鼓勵，讓我第一次獨自朝著麥克風開口。

雖然分數不算高，還是挺開心的。

走出ＫＴＶ，發現天色已經黑了。

現在的時間是晚上七點。為了照亮變暗的市街，事先設置在行道樹上的聖誕燈飾成了路上行人的路標。

我與海走在五顏六色又金碧輝煌的燈光照亮的人行道上，用比平常更快的速度走向車站月台。

「啊～唱了好多歌呢。只有我們兩個人，而且還延長一小時，唱得我的喉嚨和身體都精疲力盡了。」

「我也是，好想趕快回家鑽進溫暖的被窩睡覺……」

「我也一樣。」

只唱兩個小時有點不過癮，所以我們選擇延長，但實在是太得意忘形了。唱得正過癮的我們各再點了一首，然後又一起唱了一首，疲勞頓時湧了上來。

覺得這一個小時的延長很漫長。

至於晚點回家這點，海已經事先打電話給空伯母取得同意，相對的——

『如果你願意送海回家，我會很開心。』

換我聽電話時，空伯母如此對我說道。

我無法拒絕空伯母的請求，所以還得再努力一下。

「話說回來，真樹很在意自己的歌聲，但是你唱得還挺好的啊。聲音有好好發出來，高音也沒有破嗓，音色很漂亮，反而讓我有種多此一舉的感覺。」

「那……都是多虧了海。」

包括延長在內，我們唱了三小時，儘管中間休息了幾次，海依然一直為握住麥克風的我炒熱氣氛。即使是沒聽過的曲子也會仔細傾聽，好好誇獎我。碰到她會唱的歌，還會陪我一起唱。

雖然喉嚨因此有點沙啞，感覺怪怪的，但是心情非常舒暢。

「雖然這是我第一次在別人面前唱歌……但是因為有海，這個第一次才不用變成苦澀的回憶……謝啦，海。」

「嗯，不客氣。那麼以後在班上發生類似的事也不要緊吧。第一棒就交給你了。」

「不，這可不行。」

「不不，可以的。」

「不不不，我還……不對，是以後也不行。」

今天是身邊只有海一個人所以才沒問題，如果再加上天海同學或新田同學，我就沒自信能夠像今天這樣唱。應該是說不想唱。

只是考慮到今後，還是請海告訴我幾首比較保險，唱了大概能夠帶動氣氛，而且可以兩個人一起唱的歌就是了。

「可是啊，這個。」

「嗯～？」

「就是……雖然我覺得要在很多人面前唱歌對我來說門檻太高，或者該說我累積的經驗還不夠。」

「嗯，然後呢？」

「所以，這個……希望下次也能一起去。」

「……就我們兩個？」

「……嗯。」

要在別人面前正常唱歌，我還需要一些經驗值，所以為此還得要海陪我練習才行。

並不是單純因為今天非常開心，所以下次也想唱。大概。

「呵呵，那就等有時間的時候再去吧。啊，約會是兩個人去，但是KTV就會找夕一起去喔。」

「天海同學嗎……我會忍耐的，不過順便問一下，她的歌唱水準如何？」

「夕就如同她的外表，超喜歡唱歌的。」

「啊～原來如此。」

只有這麼一句話，就能隱約猜到了。

她對於喜歡的事物就會澈底展現美妙的才能，想必唱起歌來也是天使。

天海同學的字典裡，沒有「博而不精」這句話。

「那麼下次要選什麼時候？下週就是考試，所以那段期間當然不可能……寒假之類的話呢？反正你都會在家裡玩遊戲看漫畫吧？」

「嗯。是啦，每年都沒有計畫。我才要問海年底年初不要緊嗎？要不要返鄉之類的。」

「我家因為爸爸還要工作，所以基本上新年都是一直待在家裡。聽說他今年還挺忙的，我想年底年初都會確實在家。不那麼忙的時候也有可能返鄉就是了。」

順帶一提，天海同學家的情形似乎也是大同小異，不會每年出國。

關於ＫＴＶ，說好日後先確認天海同學的行程，再來決定日期時間，我與海踏上通往車站大廳的電扶梯。

到了晚上天氣似乎變差一點，不時有強風吹過，感覺一不小心就會跌倒。

「唔，好冷……」

「海，這邊。」

「嗯，謝謝。」

我站在海的身旁，不讓風直接吹到她。

我與海的身高幾乎一樣，或者是海稍微高一點，所以效果實在不太明顯，但是我想一定比沒有要好。

「真樹，可以再貼緊一點嗎？」

「……可以啊。」

聽我這麼一說，海就緊緊抱住我的手臂。

「手，會不會冷？」

「也許有點冷……口袋，可以嗎？」

「嗯。」

接著我將從走出店門後就一直握住的手，一起收進外套口袋裡。

突如其來的強風明明很冷，但是只要與海靠在一起牽著手的現在，感覺就沒有那麼冷。

「欸，真樹。」

「嗯。」

「像現在這樣，就會想起那個時候的事呢。」

「妳說那個時候……是指那次？」

「嗯……那次。」

我與海都含糊其辭，但是我們說的就是我第一次被海告白（？）時的事。

當時海說的話，直到現在還縈繞在我的耳邊。

——不是喜歡，是好喜歡。

……現在回想起來，臉頰還是會發燙。

我們很難為情，好一會兒都是撇開視線往前走，但是海忽然低聲喃喃說道：

「……那個。」

「嗯？」

「真樹啊，對我是怎麼想的？」

「……怎麼想的？這個嘛。」

答案在我心中已經很確定。

我，前原真樹喜歡朝凪海。

無論是當朋友，還是比朋友更親近的關係。

不然我不會讓她聽見我的歌聲，也不會這麼積極想牽手。

「關於這點，現在說比較好嗎？」

「嗯～是不勉強啦。可是我還是覺得想聽真樹親口說出來……不行嗎？」

「這……也不是不行。」

海果然很狡猾。聽她這樣一說，我也沒辦法拒絕。

「那麼，來吧。只跟我說悄悄話就好，別讓旁人聽見。」

（……像這樣。）

海更加把身體靠了過來。

我喜歡她這件事根本不用多提，所以我當然打算照做。可是——

「那就等下了電扶梯，在人少的地方……這裡有點不好意思。」

「都這樣靠在一起了，還計較這些……算了，稍微等一下是還好。」

搭著電扶梯往上來到車站入口，找個儘量少人經過的隱蔽處。

「這裡可以嗎？」

「嗯。可是……呵呵，真樹真是的，竟然把女孩子帶到這種陰暗的地方。」

「有、有什麼辦法。不然我會很難為情。」

「嘿嘿，沒關係啦。來吧，請你快點說。」

「嗚……那、那我就說了。」

「嗯。」

於是我把嘴湊到海的耳邊。

「嗯……真樹，你吹氣讓我好癢。」

「啊，抱歉……」

「嗯……沒事啦。」

明明只是說出彼此都再清楚也不過的事，為什麼就是這麼緊張呢？

（那麼我就說了。）

海微微點頭。

本來打算在更正式的場合告訴她，不過……總覺得不照計畫走也很有我們的風格。

（我，對海——那個。）

（嗯……怎麼樣？）

我一邊感受耳朵深處傳來怦咚怦咚心臟加速的脈動一邊下定決心，開口準備把我現在的心意坦率告訴海時……

——前原先生！

就在離我們不遠的地方，傳來女性呼喚我的姓氏的聲音。

我嚇了一跳，話說到一半就停住了。

「……真樹，你怎麼了？」

「不，感覺剛才有人叫我……」

我先與海分開才朝聲音傳來的方向看去，只見一個人影朝著我們這邊揮手。

「戴眼鏡的小姐……真樹認識嗎？」

「不，我完全不認識……應該。」

看上去是個比我們年長的年輕女性，但是符合這個條件的女性，我認識的人只有班導八木澤老師。

陌生女性……我雖然很想這麼說，但又覺得好像在哪裡看過這張臉——

答案立刻揭曉。

「——抱歉，湊。我稍微晚了一點。」

就在這時，告知這名女性名字的人出現在車站入口。

這個瞬間，神祕女性的臉立刻笑逐顏開，變得明亮起來。

「啊，什麼嘛，果然只是湊巧同姓嗎？……真是的，虧我有一瞬間擔心真樹除了我以外，另外還有要好的大姊姊——真樹怎麼了？」

「……那個人是我的爸爸，還有他的部下。」

「……咦？」

由於穿便服加上湊小姐現在有戴眼鏡，讓我沒能馬上認出來，如今總算和記憶連結。

然而穿著便服的湊小姐，為什麼會和同樣穿著便服的爸爸一起出現呢？

那時我覺得很尷尬，沒有多想就先躲起來。由於我們本來就待在燈光正好照不到的地方，看起來是沒有被爸爸和湊小姐發現。

「喔～那就是離婚的真樹爸爸……還有部下小姐吧。姑且不論你的爸爸，為什麼會認得那位小姐呢？」

「是他介紹給我認識的。其實昨天的晚餐前，我在洗手間撞見爸爸。當時有跟她說了一句話。」

「原來如此，所以你在吃燒肉的時候才會有點發呆啊。」

我拿出還收在錢包裡的湊小姐名片給海看，她就以理解的態度點了點頭。

「……抱歉，沒有跟妳說。」

「好吧，畢竟那個時候夕也在場，這也沒辦法……可是這樣一來，我們算是撞見有點麻煩的場面呢。」

「……嗯。」

如果他們兩人和昨天一樣穿著西裝，湊小姐稱呼爸爸為「部長」，也許我會正常地與他們打招呼，還會把身旁的海介紹給他們認識。

然而現在的我完全不想這麼做。

我與海在有點距離的地方壓低身體不讓他們發現，看著他們聊得起勁的模樣。

即使不穿西裝，如果拿著資料或是平板電腦之類的東西，也許可能還在工作，但是現在兩人都兩手空空。

而且湊小姐還抱住爸爸的手臂。

這個瞬間，我覺得胸口一陣噁心。

「……感覺他們好像很要好。」

「是啊……不，這是沒什麼關係啦。」

雖然從我這邊只看得見湊小姐的表情，但是她被街上金碧輝煌的燈飾照亮的臉上，顯得非常開心。

是因為和爸爸說話嗎？和昨天那副正經八百的模樣判若兩人，露出柔和的微笑。

那個樣子簡直——

「海，趁著他們沒發現，我們趕快上電車吧。」

「真樹……這樣好嗎？」

「嗯，現在才現身只會讓他們困擾。而且我們的時間也還沒結束。」

雖然覺得看見不該看的東西，但是爸爸和湊小姐有所私交也不是什麼不能原諒的事。

爸爸和媽媽離婚已經過了一年。

爸爸的工作能力很強，外表也很年輕，即使立刻找到新對象也沒有什麼好不可思議。

身為孩子雖然覺得心情複雜，但是既然已經正式離婚，無論爸爸和湊小姐做什麼都和我們無關。

……沒錯，毫無關係。

「唔！真樹，抱歉——」

「咦？噗……」

一個人說服自己的我，忽然間被海一把擁進懷裡。

因為這個關係，我的臉正好被海柔軟的胸部夾住。

「海、海……？」

「噓，不要動……他們兩個都要走過來這邊了。」

「咦……」

看來是在我思考之時，沒察覺他們兩人的動向。側目發現他們似乎弄錯出口，正朝著我們這邊走回來。

多虧有海牢牢抱住我，即使被他們看見也多半認不出是我。這是剛買的衣服，加上髮型也有好好梳理，如果是現在，應該怎麼看都只會覺得是隨處可見的高中生情侶。

「真樹，你可能會有點不好呼吸，不過得再忍耐一下。」

我保持沉默，在海的懷裡輕輕點頭回應。

把臉埋在喜歡的女生胸前，原本應該是很值得高興的事，但是因為那兩個人的關係，讓我幾乎完全沒有心情感受這件事。

希望他們就此一無所知地走過去──我衷心如此期盼，把身體靠在海的身上。

「真樹，把臉遮起來。」

看起來感情很好的兩人走過我們身旁。

「啊，前原先生，那邊……」

「嗯？啊啊，是高中生情侶嗎？挺青春的嘛。」

「是啊……可是，這個，總覺得有點不檢點……」

多半是看見躲在暗處相擁的我們吧，爸爸他們似乎拿我們當成話題。

「也不想想是誰害的……而且大人不要拿小孩子當話題好嗎。」

海一邊加強力道抱緊我，一邊悄悄抱怨那兩個人。

海應該也沒想到會在這種情形和我相擁，所以才會憤憤不平，這種心情我很能體會。

「……抱歉，海。」

「為什麼真樹要道歉？真樹沒有做錯任何事，有錯的絕對是……」

「不，爸爸和湊小姐也沒有錯。只是時機有點不巧。」

如果不是昨天在洗手間碰巧遇見爸爸。

如果我們唱KTV時沒有延長，依照原訂時間回家。

所以會變成這樣單純只是運氣不好。

不是任何人的錯。應該。

「……回去吧，海。要是太晚空伯母也會擔心。」

「既然真樹這麼說……可是你真的沒事嗎？看到爸爸那樣不會覺得大受打擊嗎？」

「心情確實會很複雜……可是這也表示爸爸很有精神，所以是件好事。畢竟我原本也擔心他一個人不知道會不會寂寞。」

「是嗎？可是，如果有什麼事要好好跟我商量喔。解決……我大概是幫不上忙，但是至少可以陪你聊聊。」

「知道了。那我就恭敬不如從命。」

我與海確定兩人的身影消失之後，立刻搭上電車趕路回家。

早上從出發前就很要好地打打鬧鬧，還第一次唱KTV，成功積累新的回憶，卻在最後一個環節出了這種差錯，讓我覺得很遺憾。

之後我遵守與空伯母的約定，把海送回朝凪家，鄭重婉拒空伯母找我一起吃晚飯的邀約後，這才回到自己家。

「好累……洗澡……明天再洗也行吧。」

大概是因為遇到爸爸，疲勞一口氣湧現，讓我覺得眼皮好重。

身體有點黏膩感覺滿不舒服的，不過今天可能還是趕快睡覺比較好。

「咦？電燈亮著，而且……還有菸味。」

打開門鎖走進玄關，發現似乎是媽媽已經回家，客廳發出燈光與電視的聲音。

我一走進去，在客廳喝咖啡抽菸的媽媽走過來迎接我。

「回來啦，真樹……啊，抱歉。我又──」

「我說了不用在意，妳平常也可以抽……媽媽，妳很累嗎？」

「嗯～久違的年底行程，說吃緊也很吃緊，可是……不過嚴格來說是工作以外的事稍微有一點啦。」

媽媽平常即使工作到很晚才回家，依然顯得活力充沛，但是自從這個月起，表情卻顯得沒有活力。之前在家幾乎不抽的菸也是，而且覺得她的黑眼圈似乎變深了一些。

「對了，今天怎麼樣？跟小海的約會還順利嗎？」

「還好吧……去看電影，唱KTV……我覺得有順利培養感情。」

「是嗎？那麼聖誕節也要照這個樣子好好加油喔。啊，就算是聖誕夜，也千萬不要忘了套子──」

「再說下去我就要把妳趕到陽台去，可以嗎？」

媽媽只有這個地方還是一樣愛管閒事，所以放著不管多半也會好起來吧。

在這之前，只要由我這個家人支持她就好。

「——啊，對了真樹。雖然在你這麼累的時候提起很不好意思，可是……下週五你有什麼事嗎？我是說晚上。」

「那天是期末考第一天，所以沒有什麼安排。真要說來大概就是念書吧。」

我們打算在那之前要舉辦讀書會，但是週五與下週的週一、週二都是考試期間，所以我與海都沒有任何安排。

「果然是考試啊……我從之前就這麼說，但是那個人就是不聽，還說只有這天有空。」

「那個人是……」

我只有不好的預感。

因為媽媽會在我面前這麼稱呼的對象只有一個。

「雖然對你過意不去，但是他說想在下週五見面……你爸爸說的。」

「……是喔。」

我也想過差不多是時候，但是萬萬沒料到會選在這個時間點。

3. 一家人的風景

關於我和爸爸的會面，是爸爸媽媽離婚時就決定的事項。

在我高中畢業之前，雖然也要看爸爸是否方便，但是我們會以一個月一次的頻率見面，一起吃飯，或是聊聊近況。

最近由於爸爸工作忙碌所以暫時沒見面，但在這之前都會按照當初的決議見面。學校的事……雖然不會提起，但是除此之外的事都會好好聊聊。

雖說他們離婚了，但是我並不討厭爸爸，而且因為每次都能去一些感覺很貴的餐廳吃飯，所以有些期待。

……直到今天遇到那件事為止。

「平常都是他配合我們的日子，可是……他說如果這天不行，下一次就得等到明年。我們說好暫時保留，等到問過你的意見再決定……那麼真的可以嗎？」

「可以啊。畢竟爸爸也有好好給錢，多虧了他我們的生活才能過得有點餘力。」

雖然我不知道爸爸每個月會付多少錢，但是用來購買現在身上這套衣服的零用錢裡，除了媽媽的月薪以外，應該也包含爸爸給的扶養費。

所以我也希望盡可能不要拒絕。

「……欸，媽媽。」

「什麼事？」

我在想湊小姐的事。

媽媽知道湊小姐這個人嗎？湊小姐是主任，所以至少應該在爸爸手下工作了幾年。但是今天這件事讓我有了一個疑問。

他們兩人的交情是從離婚以後才開始的，還是離婚前就有呢？

如果是前者我當然沒有意見。應該說沒有權利有意見。如果是那樣，只能說你們請便。

但若是有什麼差錯，其實是後者的話。

如果媽媽當時不知道這件事。

到時候我該用什麼樣的表情和爸爸說話呢？

「——真樹，真樹？」

「啊！……媽媽怎麼了？」

「我才要問你怎麼了。臉色突然變得很差，是約會累了嗎？」

「啊啊……是啊，嗯，可能吧。今天心浮氣躁一大早就醒了，而且還去唱ＫＴＶ。」

「是嗎？那就趕快吃飯洗澡睡覺吧。啊，可是睡覺之前要好好跟小海聯絡喔。謝謝她跟你約會。後續應對是很重要的。」

「我、我知道啦。真的很囉唆耶。」

一句話差點脫口而出，但是我拚命忍了下來。

當然了，要說我不想詢問媽媽關於湊小姐的事是騙人的。可是就算問了，事到如今也於事無補，搞不好可能會讓好不容易談妥的事節外生枝。

怎麼想都覺得不妙。

「……那麼明天還要早起，我先睡了。晚安。」

「嗯，晚安……啊，對了媽媽，我有個問題想問。」

「什麼？」

「……妳還喜歡爸爸嗎？」

聽到這個問題的瞬間，媽媽準備走向房間的動作當場停住。

「……為什麼？」

為什麼事到如今問這種問題？媽媽的表情是這麼說的。

「……抱、抱歉。我好久沒見到爸爸，所以問了奇怪的問題……忘了吧。」

「不，沒事。全都是我們不好。什麼都不說就跟我離開的真樹一點錯也沒有。」

如此說道的媽媽走回客廳，慢慢點起放在桌上的香菸。

那個側臉看起來很寂寞。

「是不是還喜歡爸爸，是嗎……嗯～也對……雖然發生了很多事還鬧到離婚，可是我覺得心裡多半還留著喜歡他的心情。雖然的確有過不想看到他的臉的時期，可是例如相簿裡放了我們和真樹一起拍的照片，我說什麼也捨不得丟掉，所以一起帶來了。」

「原來有相簿啊。」

「嗯。再怎麼說也是花了十五年，不，從真樹出生前就開始拍，所以大概更久吧……畢竟我們曾經結婚一起生活，也留下滿滿開心的回憶……要看照片嗎？」

「嗯，我想看。」

從媽媽房裡衣櫥拿出來的舊相簿。

翻開來一看，裡面有我剛出生起的照片。

從剛出生沒多久開始，到第一次七五三、幼稚園運動會、全家旅行、幼稚園畢業典禮、國小入學典禮——從我剛出生到七八歲時為主，即使我沒有印象，還是拍了很多張照片。

「這個時候的我還挺愛哭的……雖然完全不記得了。」

「呵呵，對啊。小時候的真樹光是被家人以外的人抱，就會哇哇大哭。像是拍紀念照的時候，也會馬上躲到我的後面，所以想好好拍你的臉，只能趁你沒有注意相機的時候。」

媽媽說得沒錯，我一個人的照片裡，眼睛看相機的情形極端稀少。嬰兒時期還有幾張，但是到了幼稚園開始會感到害羞之後就完全沒有了。

根據自己的記憶，我認知的自己是個安分的傢伙，看樣子是我的誤會。

「媽媽，這個可以借我一下嗎？」

「可以啊。而且也是沒多想就帶來了，結果直到現在就一直放在衣櫥裡。該不會是小海要你給她看吧？」

「……差不多吧。」

我答應過有照片要帶去，所以我會照辦，但是像嬰兒時期的全裸照片，還是先拿掉吧。就算感情再怎麼要好，要拿這種照片給海和天海同學這樣的女生看，也太令人難為情了。

只是拿掉照片的痕跡很明顯，所以多半會被眼尖的海追問吧。

「總之相簿就給你了，你拿去用吧。那麼我差不多要睡了……晚安，真樹。」

「嗯，晚安。菸灰缸我會清理。」

「是喔。謝了。」

媽媽熄滅只剩煙蒂的香菸後，返回自己的房間。

「……果然問不出口啊。」

我摸著爸爸、媽媽，還有我一起拍的照片，不禁喃喃自語。

我和媽媽離開那個家，兩個人一起生活正好過了一年。

無論我還是媽媽，都總算逐漸習慣現在的生活。媽媽在工作方面過得很充實，我也漸漸和海、天海同學、望等人建立新的人際關係。

我不想把趨於平穩的這種生活再度搞得一團亂。

這就是我現在的心願。

正因為如此，關於今天的事我要保密並且忘掉。

因為無論是對媽媽還是對我來說，這麼做想必都是最好的。

跟海約會的那個假日結束的週一。

我立刻搞砸了。

要說搞砸了什麼，答案是相簿。

週六和媽媽一起看時，就已經掌握有哪些從嬰兒時期到二、三歲時代的照片不能見人（主要是指下半身），所以我本來打算在上學之前拿掉這些照片。然而——

「哇啊，好可愛。真樹也有過這種時代啊～」

「是啊，有啊。當時總是喊著『馬麻，馬麻』跟在我後面，有夠愛撒嬌的。」

「嘻嘻，好像可以想像。」

……偏偏在這個時候，海來接我一起上學。

當然了，那些照片一張都沒動。

也就是說，萬事休矣。完了。我嫁不出去了。

「啊，早啊真樹，感覺今天會是很棒的一天。」

「是嗎？我倒是從一大早就心情很差。」

「是嗎？啊，照片上看起來很可愛喔，真樹的小——」

「絕對不要再說了。」

又多了一個話柄。而且特別令人難為情。

「哎呀，有什麼關係。反正遲早有一天小海也會看到現在的真樹——」

「喂，妳這個做母親的。」

如果沒被看到那幾頁還有辦法應付，但是為時已晚。

「不用擔心啦，那些我已經確實拿起來了，絕對不會讓夕看到。」

「喔～？……那麼這些照片現在在哪裡？」

「咦？我的包包裡。真咲伯母同意了。」

「不要以這麼自然的動作打算拿走。還有媽媽也不要答應。」

於是我把反抗的海擠開，從她的包包裡拿回我的照片，並且立刻放進房間裡能上鎖的書桌抽屜裡。

虧我好不容易利用週日消除疲勞……雖然有部分原因是出在沒有趁早應對的我身上。

對海或是他人的事會很在意，但是對於自己的事會嫌麻煩，這是我的壞習慣。

「啊，我差不多該去上班了。小海，真樹就麻煩你了。」

「好的，真樹小弟就包在我身上吧。」

「說什麼小弟啊。」

「我去上班了，真樹小弟。要乖喔？」

「妳不要每句話都有反應……唉。」

這一週才剛開始，就為了應付媽媽和海消耗了大量體力，而且週五就要開始期末考。

總而言之，現在應該專注在學生本分所在的課業上。

就在這個時候，玄關傳來媽媽的聲音。

「真樹，抱歉！我把香菸跟打火機忘在桌上了，可以幫我拿一下嗎？黃色盒裝那個。」

「啊，嗯——」

這是媽媽平常抽的牌子，但是她最近似乎抽得挺凶，總覺得減少的速度快得異常。

她已經是成年人，不抽就撐不下去這種心情我也能夠體會，但是身為兒子還是希望她能更加注意一下健康。

「是這個吧，來。」

「謝啦——還有，有一件事我要說在前面。」

媽媽先確認我的身後沒有別人，這才對我說道：

「——不可以對小海說太多家裡的事喔。」

「……不用擔心，我知道的。」

雖說我信任海，媽媽也知道這件事，但是和爸爸的事是我們家的事。

我雖然也曾想過找她商量。

可是這時最好還是優先考慮媽媽的心情。

而且我也不想把海牽連到無謂的紛擾裡。

「謝了，真樹。媽媽愛你喔。」

媽媽從我手中接過香菸，邊說邊輕輕擁抱我。

平常的她絕對不會做這種事……雖然沒有身體不舒服的樣子，但是果然不對勁。

「那麼媽媽去努力上班了。」

「嗯，慢走。」

我目送媽媽離開，回到海正在等著我的客廳，結果一股冰冷的空氣撫過我的臉頰。

「啊，真樹抱歉，我是想幫室內通個風。」

「不，沒事。的確是有點菸味。媽媽抽的牌子味道有點特別。」

「真是的，真樹這麼說感覺像是你也在抽耶。倒是真咲伯母出了什麼事嗎？」

一來到家裡就聞到平常沒有的濃烈菸味，會這麼想也很自然吧。

「誰知道。不過媽媽有時候挺隨興的，與其亂問，不如放著別管就會自己恢復。」

利用久違的通風排出二手菸後，我和海開始享用一如往常的早餐。

今天早餐是鬆餅。我是直接吃，海則是加了滿滿的楓糖漿和奶油。只要有海在，就會幫忙消耗平常不太會減少的食材，所以就算是當成整理冰箱也很感謝。

我們都是喝牛奶。

「我說啊，海。」

「唔咕唔咕？」

「妳先吞下去再說。」

「嗯……好了，什麼事？」

「是關於這週的週五。」

「喔。從這天開始考試，不過我們要怎麼辦？吃個晚飯順便一起念書——」

「……我要跟爸爸見面。」

「咦——」

從早上就一直心情很好的海，表情頓時僵硬。

上週才遇到那件事，緊接著又要見面，海難免也會擔心吧。

「……真樹，這樣不要緊嗎？」

由於我們面對面坐著，伸手也碰不到，所以海輕輕用指尖觸碰我的指尖。

「還好吧，老樣子了。就只是一起吃個飯。」

「他和那個部下的事呢？」

「我打算還是問問看。畢竟維持現狀實在太不舒服。」

我認為既然是爸爸，和湊小姐之間應該沒有任何問題。

會面當天多半會成為弄清楚這件事的夜晚。

「所以在這之前我也得好好念書才行。何時要辦讀書會有著落了嗎？」

「大小姐吩咐『請每天舉辦』……這次的考試範圍很大，她似乎很慌張。而且就我看來也很不妙。」

「知道了。那就馬上從今天開始吧。如果到時候有空，考試前一天也會辦。」

「好耶。那麼我會跟夕也說一聲。」

關於準備考試這件事，我是打算找望，但是要不要一起就看天海同學吧。

難得這週會很忙。雖然有很多不安或麻煩事要做，但還是一件一件依照順序來吧。

放學後的讀書會決定在我家舉辦。

由於不是玩耍，當初本來打算在放學後的校內進行，像是教室或是圖書室之類的。然而從放學到全體離校的時間很短，沒有太多時間念書，加上圖書室已經有很多人，所以被迫變更地點。

・離學校最近。

・還是溫暖的地方比較好。

考慮到這兩點，還是決定到我家。也有人提議去家庭餐廳，但是這樣會變成我沒辦法靜下心來，所以被我駁回。

「欸嘿嘿，好久沒來真樹家了～」

「不好意思家裡有點亂，請別放在心上。」

「為什麼是海擺出一家之主的模樣？雖然是滿亂的沒錯。」

我打開家門的鎖，匆匆整理玄關。我平常穿的鞋子基本上只有一雙，但是媽媽並非如此，所以這些鞋子很占位子。

「請進。」

「打擾了～咦？聞起來好像跟以前不一樣。是香菸嗎？」

「是啊。真樹真是壞孩子。」

「咦咦？香、香菸要等成年才可以抽喔？不可以這樣。」

「不，我沒抽。天海同學也不用勉強陪海開玩笑。」

「嘿嘿，被看穿了。」

天海同學稍微吐出舌頭。今天是讀書會，但是因為是來我家，她很期待「一樣東西」，因此情緒非常亢奮。

「真樹同學，順便問一下今天的點心是？」

「今天早上煎了鬆餅，材料還有剩，所以我打算用這些材料煎鬆餅。」

「喔，好耶！那就馬上……嗯咕！」

「唔呵呵，在那之前要先念書喔～每次都在及格邊緣偶爾還得補課的大小姐。就算這裡是真樹家，我也不會手下留情。」

「好、好的……」

天海同學被海拎著前往客廳。

由於有從之前便大肆活躍的暖桌，今天我們打算在暖桌上攤開教科書。今天把重點放在第一天要考的科目。至於其他科目只會把預測必考的部分看一遍。

「……我說啊，真樹。原來你是這麼厲害的傢伙啊。我真的好尊敬你。」

「是、是嗎？我就姑且當成是讚美我吧。」

最後走進客廳的另一個人則顯得感慨萬千，但是我們接下來還要一起念書，現在就這個樣子會讓人擔心能不能撐到最後。

就是這樣，今天的讀書會成員共有四個人。

我、海、天海同學，以及最後一個是望。

「你找我來我是很開心……可是這樣真的好嗎？這個，像我這種人跑來打擾。」

「嗯~……既然天海同學都答應了，沒什麼關係吧？」

今天的讀書會離望之前的告白沒過幾天，原本依照計畫是以我與海全程教導天海同學功課的方式進行。

至於望，我本來打算跟他約明天。

「那就大家一起念書吧！」

只是聽聞事情原委的天海同學都這麼說了，也就形成這個罕見的組合。

當然了，我並非特意讓事情這樣發展，所以無論我、海，還是望都有些不知所措。

為防萬一，海私下詢問天海同學，但是她的回答依然沒變。

要說這樣很有天海同學的作風，確實也是沒錯啦。

「總之今天不是過來玩的，所以要專心念書……也許有點難，總之我們先努力吧。」

「好、好喔。我也不想補修啊。」

眼前我請三個人把腳放到暖桌下方，我則是去準備飲料、休息時間的點心，以及天海同學要的鬆餅。

「呼哈～暖桌果然很棒……咕～」

「夕，不要一來就睡覺。妳要是敢睡我可是會真的揍妳。」

「呃……我、我會努力的，教官。」

至於暖桌誰坐哪個位置，考慮到我主要負責望，海主要負責天海同學……

（天海）

（關）【暖桌】（朝凪）

（前原）

就決定這麼安排座位。

「對了，朝凪的考試成績大概怎麼樣？我知道妳的頭腦很好啦。」

「狀況好的時候是個位數，最差也是保持在十幾名。」

「好厲害啊。那麼升上二年級後我肯定和朝凪不同班吧。真樹呢？」

「我大概都在五十名上下。」

姑且不論最前面的升學班，聽說二年級重新分班時大多是根據考試排名，將前半段與後半段分成兩班。

如果升上二年級也能跟海同班的話，我會很開心……然而要達成這個目標，我在課業方面就得再努力一點才行。

距離升上二年級還有大約四個月。

連熟人都沒有的時候根本不在乎分班，然而現在已經不一樣了。

我很能體會看到新的分班表時，幾家歡樂幾家愁的那種心情。

能跟喜歡的人或要好的朋友同一班，任誰都會比較高興。

「嗚～我討厭念書……可是，我更討厭跟海不同班……」

「那就得好好努力，至少要能擠進前半段。來，別抱怨了，手動起來。」

「好～」

我們決定一小時後再休息，四個人一起念書準備考試。

我擅長文科，所以以英語與古文等科目為中心。

海擅長理科，則是以數學與化學等科目為中心。我們兩人通力合作，為所有科目都不擅長的天海同學與望擬定因應之道。

「我說真樹，這幾頁似乎也在範圍裡，不過這邊跳過也行吧。」

「習題這幾頁比較難的部分，是給追求八十分以上的人做的，沒有念熟的話很難拿到分數。與其這樣，不如去念能確實拿到六十分的範圍。」

如果不習慣把所有題目都完美解答的話時間也會不夠，檢查的時間更是不夠，疏忽造成的失誤也會增加，一點好處也沒有。我認為與其這樣，不如乾脆完全不花時間在困難的題目上面，轉而確實拿到分數，在時間的運用方面比較明智。

「欸欸，真樹同學，這邊這句要怎麼翻譯？」

「啊，嗯。這邊啊——」

我為了給天海同學建議，正要稍微探出上半身的瞬間。

——握。

放在暖桌裡的那隻手被人輕輕一握。

「嗯？真樹同學怎麼了？」

「唔……啊啊，抱歉，沒事。」

天海同學的兩隻手都放在暖桌上，所以偷握我的手的犯人當然是海。

「關，這邊的（2）的算式第二段的計算錯了。你要看清楚括弧的位置。」

「嗯？啊，真的。抱歉。」

海正在幫望確認他的數學，視線卻有一瞬間看向我。

——戳戳。

海藏在暖桌底下的手頻頻觸碰我的手指。

……看來她想要情侶牽手。

而且雖然只是我的推測，但她多半是想悄悄地握，不讓天海同學和望知道。

「…………」

「…………」

我與海在攤開教科書面有難色的兩人旁邊，在暖桌底下十指交握。

總感覺心跳加速。

以前我們也有過幾次情侶牽手，但是像這樣在朋友身旁偷偷做這種事，還是第一次。

如果只是牽手，過去我們也都光明正大地牽，所以不成問題，但像這樣躲起來偷偷進行，就會覺得自己好像在做什麼不可告人的事。

……不，的確是不可告人。今天的目的不是跟海玩鬧，而是念書。不可以被甜美的氣氛帶著走。

「海、海，差不多要一小時了，要不要休息一下？」

「……這樣好嗎？」

「好、好啊。」

「呵呵，知道了。那麼我也來幫忙。」

海放開手，若無其事走向廚房。

要和兩人一起念書，還得好好陪著海……為什麼感覺只有我得應付三個人呢？這樣有點沒道理。

經過吃點心休息的悠哉時光之後，我們繼續努力念書。

儘管補給糖分加上暖桌的舒適帶來睡意，但是至少一定要念的範圍還沒念完，所以只能讓他們多努力一下。

尤其是幾乎一個人就把我用剩下的材料煎的鬆餅輕鬆解決的天海同學。

「嗯……海～我已經想睡覺了……」

「是嗎？那麼要不要賞妳一下提提神啊？」

「喔喔……我、我會努力的海老師！」

「很好。」

天海同學似乎是看見海用力握緊的拳頭而清醒過來，再度面向教科書。

如果實在很想睡，我想過乾脆讓她小睡一下，但是根據海的說法，天海同學一旦睡著，至少要兩三個小時才會醒來。

愛睡的孩子長得快……我就不說是哪裡了。

總之，雖然搞成斯巴達式教育實在於心不忍，不過這時還是交給好朋友海去處理吧。

望說要少吃甜食，所以只喝咖啡。聽說今年秋天經常忍不住吃太多，大大超過最佳體重，所以要從今年冬天起開始減重。

望笑著要我別在意，但是天海同學在他身旁大啖加了滿滿冰淇淋的鬆餅，只有這個時候看起來不像天使，而是魔鬼。

望也喜歡吃甜食，最喜歡冰淇淋。想必十分煎熬吧。

題外話，我的鬆餅也放了一點冰淇淋。

「啊，真樹，你的嘴角沾到了。」

「咦？真的假的？哪裡？右邊？左邊？」

「我的右邊，所以是左邊吧。」

「這邊？」

「嗯，再過去一點。」

「呃……這樣呢？」

「還剩一點點……真拿你沒辦法，嘴巴過來。」

「嗯。」

如此說道的海伸手從我的嘴唇抹去剩下的一點冰淇淋，順手送進自己嘴裡。

「嗯……這樣就好了。」

「謝、謝謝……」

「不客氣。真是的，真樹好像小孩子。」

「不，今天只是剛好。」

「好好好。」

我明明嘴巴不大卻又吃得狼吞虎嚥，所以像是吃披薩或漢堡這種需要張大嘴巴的東西時，偶爾會遇到這種情形。

因此只要像這樣沾到什麼東西，海發現之後就會多管閒事。

雖然是常有的事——

今天不是只有兩個人，而是四個人。

也就是說，其他兩人在一旁看著我們卿卿我我的樣子。

「海？真樹同學？」

「你們差不多已經在交往了……所以，該怎麼說，那是沒有關係啦。」

「「——這種事麻煩在只有兩個人的時候做好嗎？」」

「「……對不起。」」

就是這樣，天海同學與望同時向我們提出忠告。

「看，都是因為真樹太邋遢，害我們被罵了。」

「不，追根究柢是因為妳的舉動……」

「啊，嘴巴雖然這麼說，內心其實很開心吧～我碰到你的嘴唇的時候，看你整張臉都紅了耶？」

「那是……妳、妳想太多了。」

「就愛逞強～真樹這樣真的很可愛耶。」

「「……咳！」」

兩人帶著責怪意思的咳嗽聲讓我們回過神來，默默低頭。

在一定程度裡還可以當成令人莞爾的光景，但是過火就會讓人傻眼。

無論是在多要好的人面前，也該學會有所節制才行。

即使被當成笨蛋情侶，還是想避免變成讓人覺得不耐煩的那種。

「不過海和真樹同學的這種關係好好喔～……看到你們這麼要好的樣子，我也會想要個男朋友了。」

「既然這麼想，夕也交個男朋友不就好了？只要妳有那個打算，不管想要怎麼樣的人都是任君挑選吧？」

「嗯～可是完全沒有會讓我這麼想的人耶。我也不是對男生沒興趣。為什麼呢？」

「唔……！」

天海同學的發言，讓望暗自受到傷害。

天海同學應該也不是有意做出這種發言，但是對望來說簡直像是二次被甩。

之後兩名戀愛地位處於金字塔絕對頂端的美少女開始這也不是那也不對開始聊起戀愛，我則是在一旁安慰垂頭喪氣的望。

「唉～要是也有個像真樹同學這樣的男生陪我就好了。個性又好，像這樣一起玩的時候還會做點心給我吃。」

「夕還是正常找個條件好體力也好的對象吧？不然誰也跟不上妳的活力。」

「會嗎？可是要說條件好體力也好的對象……啊啊，就是像海這種人嗎！那麼只要海分身就能解決了吧！」

「誰辦得到啊！這個笨蛋還擺出一臉『我想到好主意了！』的得意表情。」

就近聽著她們的談話，我想如果和天海同學交往應該會很開心，但是她的情緒一直這麼興奮，所以看著一路上陪她的海就覺得肯定很辛苦。

從條件來看，望多半跟得上天海同學的情緒，然而並不太符合天海同學的喜好……就是這點令人難受。

「妳們差不多聊夠了，繼續念書吧。進度還沒念完呢。」

「嗯。夕，接下來念古文。」

「嗚～以前的日文好難～惹人憐愛兮～」

「好好好。」

之後為了讓注意力快撐不住的天海同學能夠維持動力，我在教學方式上下點工夫，有時還借用海的愛之鞭（彈額頭），總算成功消化今天的所有進度。

包括休息時間在內，大約花了三個小時。雖然自己沒有念多少，不過光是指導別人就有充分的複習效果，而且和海合作也得以解決之前認知錯誤的地方，所以我認為這段時間過得很有意義。

雖然要念的範圍還很大所以不能大意，但是照這樣子下去，天海同學與望這對不及格搭檔，這次多半能夠勉強避免不及格。

「真樹同學，今天謝謝你教我功課！點心也很好吃！」

「抱歉啊，真樹……還有朝凪。多虧了你們，我漸漸覺得自己應該有辦法過關了。」

「一定要避免不及格喔，關同學。我們一起努力吧！」

「是、是啊。天海同學也要努力，別讓自己不及格了。」

我們在玄關目送露出充實表情的天海同學與望離開。讀書會開始時彼此的氣氛還有些尷尬，但是一起念書的過程中開始會講上幾句話。

雖然如果他又會錯意，想必又會被甩就是了。

天海同學的距離感果然有點怪。

「海，東西沒忘嗎？」

「大概。不過就算忘了反正還會再來，所以不要緊。」

接著是今天最努力的海。不愧是有著學年頂尖的成績，很擅長教人，處在教人立場的我也學到很多。

雖然在暖桌下方一直對我動手動腳這點還是沒變……不過我並不討厭黏人的這一面。

「那麼明天見。」

「嗯……欸，真樹，可以再一下嗎？」

「嗯。」

「──抱歉，背借我一下。」

臨別之際，海從背後緊緊抱住我。

「海，怎麼了？」

「……真的很對不起。突然做出這種事，我是個麻煩的女生這點自己也知道，可是就是有點不安。」

「不安？……今天發生了什麼事嗎？」

「就是剛才夕不是說了嗎……想要真樹同學。」

「啊啊，那個啊……」

當事人天海同學多半是無心的，而且我原本也以為海只是當個玩笑聽過就算了，看樣子她的內心還是有些動搖。

「我說啊。」

海抱住我的手臂更加用力。

「……我討厭這樣。紗那繪和茉奈佳……那兩人當時還好。可是——」

「如果是我的話妳會承受不了？」

「嗯……如果真樹被人搶走，我絕對會無法振作。多半會變得沒辦法見任何人。」

「海……」

海在天海同學面前完全不會表現出這種態度，但是在和我獨處時，就會像隻幼犬一樣微微顫抖。

海和天海同學重修舊好，乍看之下是恢復原狀，其實內心還是一直在與不安戰鬥。在她的心中一切都還沒有結束。

正因為如此，我也想盡可能幫助海。

「海，可以先放開我嗎？」

「不要。」

「算我求妳。」

「可是，我現在的臉不能見人。」

「我不會在意的。而且海的哭臉我也看多了。」

「……真樹是笨蛋。」

海的嘴巴雖然這麼說，還是放鬆力道，所以我維持這個姿勢轉身面向海，變成與她輕輕相擁。

「海。」

「……嗯。」

「沒事的。我只會看著海。」

「嗯……對不起喔，我就是這麼難搞。」

「沒關係。這種地方我也覺得可愛。」

「……真是的、真是的。竟然說這樣的我可愛，真樹真是不知死活。」

「……海也一樣吧。竟然說這樣的我可愛。」

「呵呵，的確也是。」

再不出去多半會被走在前面的兩人擔心，但是現在的我不管這些，就算他們為之傻眼也無所謂。

如今的我想把眼前這名女孩子放在第一順位。

「嘿嘿，謝啦，真樹。多虧有你，我稍微冷靜一點了。」

「那就好……如果不介意，我也可以送妳回家。」

「我不能這麼依賴你啦……你不用擔心，就算是在夕面前，以後也會表現得好像一如往常……可是。」

「可是？」

「我還想再這樣一會兒……可以嗎？」

「……那是沒關係。」

「謝啦……嘿嘿～……」

「怎、怎麼了？」

「沒什麼～」

直到海冷靜下來為止，我們彷彿是在確認彼此一般緊緊相擁。

我送海到其他兩人等待的大樓入口時，天海同學和望果然都露出「真受不了這對笨蛋情侶」的模樣。

期待的日子遲遲不來，不希望到來的日子轉瞬即至。

週五是考試的日子。以及跟爸爸的會面日。

當然了，我指的不是考試。對於功課還算好的我而言，是少數可以早點回家的好日子。

以前的我也不討厭和爸爸的會面日。畢竟我本來就喜歡爸爸，那個總是為了這個家努力的高大帥氣背影，牢牢烙印在我幼年的記憶中。

早上起床一看，媽媽已經手忙腳亂地進行早上的準備。

「早啊，媽媽。慢走。」

「我出門了。真樹，今天不好意思勉強你答應。」

「就說沒關係了。下午七點，離車站有點距離的那間家庭餐廳。我會儘量多點些貴的東西的。」

「呵呵，就這麼辦……啊，本週的晚餐錢先放在這裡。」

「今天爸爸會出錢，所以不用了。」

「可是你本來打算和小海一起度過吧？為了向她表示歉意，就用在聖誕夜那天吧。」

好吧，既然是這樣，我就心懷感謝地收下吧。

天海同學也打算參加，所以應該能夠用來補貼餐費。

「香菸的量又增加了……」

就在我對煙灰缸的菸蒂數目感到在意之時，放在暖桌上的手機忽然響起。

是海發來的訊息。

『（朝凪）　抱歉。』

『（朝凪）　我正在夕的家裡幫她晨間惡補。』

『（前原）　知道了。那麼今天學校見。』

『（朝凪）　嗯。』

『（朝凪）　真樹，倒是你今天真的不要緊嗎？』

『（朝凪）　我可能有點保護過度，但是如果有需要，我可以陪你走一段路。』

「（前原）　沒事的，不用擔心。就只是在家庭餐廳吃頓飯。」

「（朝凪）　那我還是陪到最後吧。是有點貴的那裡對吧？點最貴的A5黑毛和牛菲力牛排加炸明蝦組合，白飯特大碗，甜點就選超奢華草莓芭菲。」

「（前原）　原來如此。那我就這麼點。」

「（朝凪）　可惡。」

「（朝凪）　好羨慕可以吃免錢～」

「（前原）　結束後我會聯絡妳。海就盯著天海同學吧。」

「（朝凪）　嗯，我會的。」

「（前原）　謝謝妳擔心我，海。」

「（朝凪）　嗯。」

「（朝凪）　去吧。」

得到海的激勵，前往學校迎來期末考第一天。

實際考過就知道，多虧我們有好好念書，除了我比較不拿手的數學以外，都能夠好好加以解答。只是話說回來，數學多半也會有八十分以上。

至於天海同學與望，因為我與海的猜題正確，他們都顯得很開心。部分科目也許考得到平均分數。

我們這麼努力，真希望所有人都能獲得好成績。

順利結束第一天，本來可以喘一口氣，但是我的考驗才正要開始。

在家準備第二天以後的科目打發時間後，我準時前往爸爸指定的見面地點。

最近我時常和海與天海同學一起走，所以已經很久不曾獨自來到這個地方。

我每次會面都是穿制服。穿便服也無所謂，但是既然有「會面日」這個名目，心裡就會覺得穿著正式一點比較好。爸爸也是每次都穿西裝，所以我也算是配合他。

在入口等了一會兒，大約一分鐘後，爸爸搭乘的公司車輛開進停車場。駕駛座上坐著看似部下的人，不過不是湊小姐。

爸爸對著部下說了幾句話，下車朝我走來。

「抱歉，真樹。我遲到了一會兒。」

「沒關係，我也是一分鐘前才來。爸爸該不會是工作到一半吧？」

「差不多吧。本來快要走了，卻被找去談一件推不掉的事。位子我已經訂了，趕快進去吧。別擔心，我有安排可以好好吃頓飯的時間。」

我們走進店裡，被帶到最裡面的座位。或許是建築物構造的需要，有根柱子很突出，所以只有這張桌子與其他座位有所間隔。我也想問湊小姐的事，這樣比較不會讓別人聽到我們說話，對我來說也比較方便。

「我肚子也餓了，先點個餐再說吧。真樹要點什麼？」

「A5黑毛和牛菲力牛排加炸明蝦組合，白飯特大碗，甜點是超奢華草莓芭菲。」

「喔喔，你點得挺豪邁的。之前都還那麼客氣。」

「因為好久不見了。還是客氣一點比較好？」

「不，你肯多吃一點我也很開心。好，那我也久違地大吃一頓吧。」

爸爸點了沙朗牛排套餐，在餐點送上來之前，先在飲料吧和湯吧準備必要的東西。

「上週見面時我也有這種感覺，真樹真的長大了。」

「是指體重吧。」

「這樣就好。五個月前見到你的時候有點太瘦了，肚子要多點肉才好。只要接下來好好鍛鍊身體，而且你又處在成長期，體格很快就會變得高大。」

「這是什麼有如棒球社的體格強健法。」

然而很有爸爸的風格。爸爸在我面前不會露出陰沉或沮喪的表情。是一如往常的爸爸。

即使如此，還是有些地方確實改變了。

不管怎麼說，在進入正題之前，我們決定先好好享受餐點。

這頓飯的金額能讓高中生努力存下的零用錢轉眼間灰飛湮滅，味道確實非常棒。

肉在咬下的瞬間便溢出肉汁，吃得出來和平常吃的肉不同等級。搭配的大隻炸明蝦也很彈牙，白飯也非常好吃。

好吃到讓我心想等到有閒錢，要找海一起來吃。

「……爸爸，可以問你一個問題嗎？」

「嗯？」

吃到只剩甜點時，我決定切入正題。

和我之前詢問媽媽同個問題。

「爸爸還喜歡媽媽嗎？」

「怎麼了，突然問這個？」

「也沒什麼。就只是有點在意——」

「不，雖然還不確定，但是我想我已經沒有這個意思。」

「……是嗎？」

爸爸回答得很乾脆。

即使偶爾會在難以判斷時猶豫，然而一旦做出決定，就會乾脆到讓人覺得痛快的地步。

爸爸和媽媽不一樣，這種地方依然沒變。

目前看來是這樣。

「一直以來她身為妻子、身為母親都很努力，所以我當然尊敬她這個人。這點直到現在都沒變，但是如果說能不能一起生活，那又是另外一回事。」

「那麼如果跟我呢？」

「如果只有真樹又是另外一回事……你是我的兒子，而且在協商時真樹要由誰照顧這件事，也是一直僵持到最後……這件事要保密就是了。」

也就是說，無論爸爸還是媽媽都想扶養我。

他們喜歡我、在乎我這點一直沒變，但是即使如此，爸爸和媽媽還是選擇離婚。

兩人的心意就是離得這麼遠吧。

這就是原因嗎？

「爸爸不再喜歡媽媽……是因為湊小姐嗎？」

我下定決心切入正題。

爸爸的臉色瞬間變得僵硬，但是立刻恢復原來的表情長嘆一口氣。

「……看來上次果然被你看到了。」

「唔！原來爸爸注意到了？」

「哈哈，那還用說。不管怎麼變更髮型服裝，你可是我的寶貝兒子啊。不要小看做父親的……那個女孩子是你的朋友？」

「嗯，算吧。前陣子認識的。」

爸爸之所以視而不見，多半是顧慮到湊小姐與海吧。

看來是我小看爸爸了。

「我的事姑且不論，爸爸和湊小姐是什麼關係？看你們勾著手臂，似乎感情挺好的樣子，這個……」

「你該不會懷疑我出軌吧？我發誓我們像那樣在工作以外的時間也見面，是在和媽媽離婚一陣子以後的事。在這之前我只把她當成優秀的部下……不過對方大概不這麼想吧。」

根據爸爸的說法，兩人愈走愈近，是從離婚後一個月左右開始。爸爸雖然並未大肆宣揚離婚的事，但是湊小姐似乎碰巧看見提交給公司總務部的扶養關係文件，之後爸爸接受湊小姐的告白，歷經一番曲折發展到現在的關係。

如果真是這樣，我和媽媽都已經無能為力。

「爸爸喜歡湊小姐嗎？」

「畢竟她在我手下做事，也很能體諒我的辛苦啊。在很多地方都多虧有她幫忙。」

「爸爸喜歡湊小姐吧？」

「……你可以當成是這樣。」

「爸爸不喜歡她嗎？」

「……嗯，該怎麼說，喜歡吧。」

爸爸說得不乾不脆。

明白說出喜歡湊小姐，對媽媽已經沒有眷戀就好了。

我也不打算任性要求爸爸和媽媽破鏡重圓。

我只是想知道看見的事情真相——想知道爸爸真正的心意。

現在的爸爸不是我所知道的平常那個爸爸。

爸爸絕對有所隱瞞。

不是隱瞞湊小姐的事。那麼到底隱瞞了什麼？

「真樹。」

「什麼事？」

「上次見面時我就注意到了……你的手很粗糙。睡前記得要塗護手霜。」

「咦？」

「——抱歉，我還想多陪你一會兒，但是部下差不多要來接我，所以我要走了。再見了，真樹。」

「等……等一下，爸爸，我的話還沒說完——」

爸爸急忙起身，接著就在我起身想要挽留的瞬間……

——啥！等等，你在說什麼啊！真的太扯了！

巨大的音量迴盪在整間店裡。

「唔！什麼情形……？」

包括我在內的所有顧客都看向說話的人。

看向這名隨性穿著我就讀的城東高中制服的女生……應該說。

看向我也很熟的同班同學。

「新田同學……？」

「咦？……呃，委、委員長……你怎麼會在這裡……」

獨自坐在桌邊的少女，正是同班的新田同學。

雖然得看點什麼而定，但這間家庭餐廳的菜單基本上都很貴，姑且不論午餐，晚餐時段應該幾乎沒有學生會來消費。

萬萬沒想到會在這種地方撞見新田同學。

「真樹，是你的朋友嗎？」

「啊，嗯。該說是朋友嗎？就是同班同學。」

就座的只有新田同學，看起來不像有其他人，所以我想大概真的只是巧合吧。

「新田同學怎麼了嗎？突然喊得那麼大聲。」

「啊，沒有……就是有點不妙……這個，該說是錢包方面嗎？」

「該不會是沒錢吧？」

「……啊～呃～……是的。」

新田同學目光游移了一會兒後，終於認命似的點點頭。

桌上是飲料、輕食，以及甜點等等。在這個時段每一樣餐點隨便都超過一千圓，所以簡單計算一下就要三千多圓。

「……其實我和男朋友約好了。他說晚點會到要我先吃個飯，還說他會出錢。然後剛剛打了電話過來。」

「說他來不了，當然也不會出錢吧。」

「嗯……簡單來說就是『我和我的真愛約好了，所以對不起喔』那種情形……」

「啊啊……」

這麼一說我才想起來，記得她說過校慶時有人向她告白。想必就是這個人吧。

這樣聽起來應該是腳踏兩條船……不，搞不好不只兩條。

我忽然想起之前新田同學說起當時的情形，有些炫耀的表情……不過不管怎麼說，真是難為她了。

「然後呢，說到這裡要特別提起……就是我直到剛剛都忘了手頭只有一千出頭……可是以為他會請客，點餐時便得意忘形。」

「這樣啊……」

沒有錢卻點了餐，結帳時付不出錢就會變成吃霸王餐。雖然相信口頭約定的新田同學也有錯，但是她會大吼大叫的這種心情我能理解。

「妳有跟父母聯絡了嗎？」

「有啊……可是我的爸媽都在工作，雖然打了電話，但是他們還沒接。」

「不然還有其他可以找的人嗎……像是朋友。」

「我會問問……不過委員長，你有那種可以拜託對方幫我付錢的朋友嗎？」

「……抱歉，沒有。」

如果我拜託海，她多半會在傻眼之餘還是先幫我墊，但是除非有什麼特殊情形，不然實在做不出這麼難堪的事。

「……妳還差多少？」

「咦？啊，呃，大概兩千圓左右……這個，這位叔叔是……」

「我是他的父親，名叫前原樹。兒子平時承蒙妳照顧了。」

「委員……啊，前……前原同學的……哪裡，您客氣了。」

爸爸似乎也在一旁聽說了這個情形，手上拿著萬圓鈔票。

「爸爸，難道你要付嗎？」

「若是這麼放著不管，會變成吃霸王餐吧？如果是別人當然管不著，不過既然是兒子的同班同學，加以無視的話也會覺得不太舒服。」

的確，如果認為新田同學是自作自受而置之不理，搞不好會鬧到上警察局。

這樣一來也有可能會受到校方處罰。

畢竟已經聽說狀況了，如果可以我也希望幫忙。可是——

「可、可是這樣未免太給前原伯父添麻煩了。」

「既然這樣，就暫且當成是我代墊，錢日後再還給兒子就好。雖然即使妳不還，我也不打算催討就是了。」

「嗯……嗯～……」

新田同學朝我瞥了一眼。

看來新田同學還有具備一定的常識，正在煩惱是否接受爸爸的好意。

「新田同學，再怎麼煩惱錢包也不會變出錢來，這個時候還是乖乖接受比較好。我想這對店家也比較好。」

「對喔，不，確實是這樣……說到這個，爸媽說過今天很忙……看樣子也不知道何時才能聯絡上。」

站在店家的立場，不管是誰付錢，只要有錢就好。起初靠近過來的店員似乎也察覺事情快要談妥，只是站在遠處觀望。

「……那麼就請您幫我代墊。那個，真的很不好意思。」

「無所謂的。那就和我們一起結帳——」

爸爸從錢包裡拿出信用卡，正要舉手呼叫店員之時。

「不了，新田同學的份由我來付。麻煩爸爸只付我的份就好。」

我抓住爸爸的手腕如此說道。

「你在說什麼啊。我不知道你在擔心什麼，但是增加這點金額沒什麼大不了……而且，你應該也沒有這麼多錢吧？」

「媽媽還是有給我今天的飯錢，只要加上這個部分還是付得出來的。我也沒有什麼馬上要用到錢的事，既然這樣，請她之後再還我完全沒問題……這樣新田同學也能接受吧？」

「嗯～……不管怎麼說，我都會還錢給委員長，所以對我來說無論是誰出的都無所謂就是了……」

「那就這麼辦。」

我立刻按鈕叫來店員，為新田同學這桌結帳。

由於有上週約會剩下的錢，以及今天媽媽給的，如果只是支付差額完全沒有問題。

雖然本來打算購買聖誕節材料的預算會減少，但是這部分只要花點心思就能解決。

「真樹，你……」

「新田同學是『我的朋友』，所以由我來付……爸爸已經像是『外人』了，所以不需要這麼費心。」

雖說是有血緣的父親，但是從去年起就沒有和爸爸一起生活。

剛才的對話讓我幾乎可以確信。

爸爸已經不打算和媽媽破鏡重圓。

留在相簿裡的照片拍到的那些光景一去不復返。

既然這樣，如今我的家人只有媽媽一個。

我雖然很感謝爸爸，但是爸爸已經有湊小姐這個新對象，只要和她建立新家庭就好。

如果新的家庭裡一直留有我和媽媽的影子，相信湊小姐也不會太好受。

「我們走吧，新田同學。」

「可以嗎？你的爸爸好像有點僵在原地。」

「呃……總而言之，希望妳能夠體諒。」

「也是啦，聽到之前的談話，隱約可以掌握狀況。」

相對的，我也會無視新田同學的狀況。至於錢等她方便的時候再還就好。

「爸爸，最後可以問你一個問題嗎？」

「什麼問題？」

「你喜歡湊小姐嗎？」

「……」

稍微沉默了一會兒，爸爸把視線從我身上移開並且開口：

「……真樹總有一天會懂的。」

「……如果這就是爸爸的回答，那我知道了。再見。」

於是我像要逃離爸爸身邊一般，和新田同學一起離開家庭餐廳。

我一直都很喜歡爸爸。曾經有過一段時間希望自己將來能夠變得和爸爸一樣。

可是這一天臨別之際看到的爸爸，卻比我至今見過的任何大人都沒出息，都要遜。

我頭也不回和爸爸分開，為了回家快步走向車站。

新田同學也跟在身後，但是如今的我沒有心情在意後頭。

「……欸，委員長。」

「什麼事？」

「我們去一趟便利商店吧。畢竟天氣好冷，我想喝個咖啡。而且剛剛那樣一搞，我就忘記喝了。」

「這是要我請客吧？」

「不用擔心，這筆錢我一樣也會如數奉還。」

「真是的……只喝咖啡喔。」

「多謝招待。」

好吧，我現在的心情也不想立刻回家，喝個咖啡應該無所謂吧。

雖然不太清楚為什麼是和新田同學一起喝。

於是我們稍微變更回家的路線，決定在附近的便利商店溫暖身體。

我幫自己和新田同學各買了一杯咖啡，走向坐在內用區的新田同學。

「來。」

「謝啦——咦？委員長買了肉包？」

「嗯。明明已經吃過飯了，就是覺得想吃……要嗎？」

「那我也要。我只吃了一點，肚子餓了。」

「我倒是覺得妳吃了不少……算了，沒關係。」

買是無所謂，但是肚子還很飽，所以我直接交給新田同學。

……這是怎麼回事？打從剛才我就一直理不清思緒。

「啊～那種偏貴的家庭餐廳雖然不錯，不過還是習慣的這種地方比較自在。」

新田同學大口咬下我給她的肉包，喝了一口杯子裡的咖啡之後嘆了一口氣。

她在回家途中應該時常和朋友像這樣閒聊吧。就像是隨處可見的高中女生那樣嗎？

「我……連這種地方都是第一次來，所以不太自在。」

「啊啊，這麼說來委員長在和朝凪要好以前都是一個人嘛。記得你說以前都沒朋友？」

「算吧……因為爸爸工作上的需要經常轉學，而且我又是這種個性。我覺得反正很快又要轉去別的學校，不交朋友也無所謂。而且又很麻煩。」

「啊啊～國小時班上也有這樣的孩子。小時候會覺得『為什麼不交朋友？』，不過畢竟有各種苦衷啊。」

「……喔。」

「啥？怎麼樣？我剛剛說的話裡，有什麼值得吃驚的點嗎？」

「不……只是覺得有點意外。」

我是第一次像這樣和新田同學說話，而且根據她的說法，感覺她果然也有自己的一套想法。

平常她在班上都會認同別人的意見，察言觀色不做多餘的事，所以現在更顯得新鮮。

「我說啊～話說在前面，我接觸其他人的經驗可比你多多了。當然看在別人眼裡，可能會覺得我隨波逐流，但我就是這樣確保自己的一席之地活到今天。意思就是因為『嫌麻煩』這種無藥可救的理由變成邊緣人的傢伙少瞧不起我。懂嗎？」

「這樣啊……抱歉，讓妳感到不舒服。」

「知道就好。那麼這次由你請客……」

「肉包可以請妳，不過咖啡錢可要還我。加上家庭餐廳的錢是三千一百圓。」

「就說我知道啦。真是的，委員長小氣……嗚嗚，好想去打工，可是我家爸媽都在，所以學校不會批准……而且又不能造假。」

記得學生手冊上有這麼一行規定，說是「除非特殊情形，原則上禁止打工」。所謂的特殊情形寫得比較含糊，說穿了就是指像我這種單親家庭。

「雖然不該在這種地方問，不過……妳的父母感情好嗎？」

「應該不差吧？雖然他們聚在一起時，東西飛來飛去的頻率挺高的。」

「這樣叫感情好嗎？」

「當然還是會吵架啦。可是差不多都會在當天和好，然後晚上就會發現他們在房間裡搞得床在搖人在叫。真的是讓人忍不住嘆氣。」

「不用連這種情報都說出來。」

不過看樣子感情應該很好。

我的爸爸和媽媽……就我的記憶範圍裡應該沒有這種情形。

「……我家那兩個吵起來可凶了，有如烈火一般大吼大叫。偶爾甚至會吵過頭導致附近的人因為擔心跑來察看。我有個姊姊，她會察覺即將開吵的氣氛，時常躲進房間避難。」

新田同學察言觀色的本事，多半就是從這種地方培養出來的吧。

話說如果不這麼做，自己就會跟著倒楣。

「一家人只要一起生活，不管怎麼做都會累積不耐煩。像是姊姊和我不念書，或是工作太忙，這個月的生活費快要沒有著落等等，雖然不是直接對彼此不滿，但是只要有一點導火線，憤怒的矛頭就會全部指向對方。和好後的爸爸媽媽是這麼說的。」

雖然我想只要新田同學好好念書，就可以儘量減少爆發的風險，但是我也不是那麼喜歡念書，而且也能體會她的心情，所以就不提了。

新田同學又喝了一口咖啡，停頓一會兒繼續說道：

「我家多半屬於特殊情形吧，不過多虧這樣，再怎麼說還是過得挺順利的。我想就是因為他們會把想說的話都痛痛快快說出來，所以才能讓腦子冷靜下來和好。」

「嗯。我覺得新田同學說得沒錯。雖然多半確實是很怪。」

可是這也是他們的做法，既然順利，那我覺得這樣也好。

我們家……也許就是沒有這種溝通方式，才會變成現在這樣。

「所以呢，我還挺能夠看得出來。知道這是處於『集氣』階段，還是已經到了爆炸前一刻。光是看臉就知道。」

「……那麼關於我爸爸也是嗎？」

「嗯。這麼說委員長的親人確實不太好……不過他的表情是我目前見過的情形當中，最不妙的那一種。」

「會嗎？我倒覺得不是那種即將爆炸的氣氛。」

「這麼說也沒錯。委員長的爸爸嚴格來說，比較像未爆彈吧。完全錯過爆炸的時機，讓人覺得已經無計可施。」

「想要解決只能交給拆彈小組是嗎？」

「應該是吧。總不能用爆破的方式處理未爆彈吧？雖然我也不太清楚。」

只是話說回來，這已經不是我或媽媽能夠解決的問題。

如果真要爆炸，希望能在不對我們造成困擾的地方爆炸。

「你爸爸的事無所謂啦……不妙的是委員長你喔。」

「咦？我嗎？」

「對。雖然委員長一副與我無關的表情，但是你也有點快要變成未爆彈嘍。雖然這只是我的直覺啦。」

「我……快要變得像爸爸那樣……」

我看著自己映在便利商店落地窗上的臉。

一如往常不起眼的模樣。但是我倒是覺得比起孤伶伶一個人時好多了。

「好吧，如果有什麼事可要好好請媽媽或是朝凪幫你開導一下。要不然遲早有一天會發瘋的。」

「妳這個說法……也是啦，妳大概是在為我擔心，所以我明白了。」

「就是這麼回事。因為委員長狀況不好，就會連帶讓海和阿夕的氣氛也變差。先不說你，她們都是我重要的朋友。那麼我就先走一步了。咖啡和肉包，謝啦。」

「啊，嗯。再見。」

「嗯。」

新田同學說完話便揮揮手，走出便利商店。

直到剛才還因為差點變成吃霸王餐而擔心害怕，但是似乎是對我說了想說的話而覺得暢快，逐漸變小的背影顯得腳步輕盈。

她的個性真的很不得了。

「她的意思應該是要我適度發洩避免爆炸……」

腦中閃過當時媽媽以正經的表情對我說的話。

——不可以對小海說太多家裡的事喔。

我的本意是如果可以，會想找海商量。但是又不希望把她牽連到無謂的麻煩裡。再加上也想尊重媽媽的想法。這三者相互抗衡。

新田同學說得簡單，但是這對我來說相當困難。

這天晚上我作了夢。

地點是我住到國中三年級冬天的家中客廳。四個大人的視線看向穿著制服的我身上。

爸爸和媽媽面對面坐著，他們身旁各自坐著一名身穿西裝的陌生人。臉上彷彿籠罩著霧氣，看不清楚。

『孩子由我照顧。我身為母親也是理所當然的吧？』

『不，我來照顧。從收入來看這樣對孩子比較好。』

『你只有錢吧？接下來可是重要的時期，你打算讓孩子孤伶伶的嗎？』

『我才要說妳，接下來可是重要的時期，妳打算讓孩子在金錢方面吃苦嗎？這可不是開玩笑的。』

爸媽無視於傻傻站在桌邊的我，互相爭吵。

順便把話說在前面，我的腦中沒有這段記憶。和離婚有關的協商全都是在各自找的律師事務所等自家以外的地方進行，我從來沒有同席。

所以無論是我現在看到的景象，還是雙親的爭吵，都只是我的夢裡擅自出現的幻影。

我想原因多半是聽到爸爸說起以前沒告訴我的協商情形。為什麼偏偏在這種討厭的時機……不，正因為是這樣的時機吧。

『這孩子沒有我就——』

『不，沒有我就——』

夢中的爸媽雙方似乎都想扶養我，不打算退讓。雙方甚至不惜在贍養費、財產分割、養育費等離婚相關的協商上讓步，拚命想要我的扶養權。

『我比較好。』『我才好。』——我只是看著他們的爭吵始終是平行線。

『『那麼真樹想要選誰？』』

結果爸媽同時問我。

「我……沒有，那個。」

『是媽媽吧。』

『是爸爸吧？』

「唔……呃。」

夢中的我被兩人的魄力壓制，根本沒辦法回答。

應該說，我實在無法選擇。

即使爸媽形同陌路，我還是繼承爸媽雙方基因生下來的小孩。

體貼的媽媽，帥氣的爸爸。

兩個人都讓我很自豪，我都好喜歡。

沒辦法只選一邊。我不想選。

然而爸媽要離婚。

我至今看過爸媽起爭執的狀況很多次了。我在自己的房間裡靜靜裝睡，看到爸媽以冰冷的口氣爭吵。

到了協商階段，還多了很多我不認識的大人。

雖說是小孩，但是我也長到一定的歲數。我知道就算要任性也絕對無法推翻這件事。

『真樹！』

『真樹。』

「爸爸，媽媽，我……」

我看看爸爸的臉，又看看媽媽的臉，接著看其他盯著我的眾人的臉。

「……我聽從大家的決定。因為我跟哪一邊都沒關係。」

跟哪邊都沒關係。

我明明不是想說這種話。

但是只能擠出這句話。

「——哈……！」

到了這裡，我總算從夢裡醒來。

這多半是惡夢吧。我的身體發熱，心臟怦怦跳，甚至滿身是汗。

我冷靜下來，慢慢重複幾次深呼吸，讓亂了套的身心逐漸鎮定。

「呼、呼……」

雖然覺得這個夢很長，但是放在枕邊的手機時鐘顯示現在已過晚上零點。

我在車站和新田同學道別，回到家後一整天的疲勞就頓時湧向全身，換過衣服便直接睡著了。

記得當時是二十二點多。只過了兩個小時不到。

就在這時，我發現手機螢幕顯示著通知未接來電的圖示。

【23：01　朝凪海】

【23：10　朝凪海】

【23：22　朝凪海】

【23：30　朝凪海】

【23：39　朝凪海】

【23：55　朝凪海】

「啊，糟糕……」

看到海幾乎每隔十分鐘打來一次的來電紀錄，這才回過神來。

由於發生了很多事，加上我已經很累了，這才想起忘記和海聯絡。我明明答應回到家要跟她說一聲。

我戰戰兢兢地試著送出訊息。

『（前原） 抱歉，海。』

『（前原） 妳醒著嗎？』

——嘟～！

「喔哇！」

我送出訊息的瞬間，手機立刻開始震動。

震動的強度明明和平常一樣，我卻莫名覺得手機像是在生氣。

海一定在生氣吧。

「那、那個……」

『……笨蛋。』

「抱歉。我回家後馬上就睡著了，沒能儘快跟妳聯絡……真的很對不起。」

『好吧，既然你有好好跟我聯絡，所以沒什麼關係……不過真的睡著了？該不會其實跟你的爸爸出了什麼事？』

「這點不用擔心。我老實不客氣地讓爸爸請我吃了很貴的餐點，還問了他和湊小姐的事，該問的我都問了。」

只是話說回來，要說我是否聽到想聽的答案，那又是另外一回事。

總之我在能說的範圍裡，把爸爸和湊小姐的狀況都說給海聽。

包括他和湊小姐在離婚之後才開始交往。現在的她是以部下與交往對象這兩種立場，於公於私兩方面支持爸爸。

由於他們是這樣的關係，搞不好已經在我們以前居住的家中開始新生活。

『這樣啊。不過也算是不出所料吧。而且如果是出軌，我實在不覺得真咲伯母會對這點坐視不理。』

關於這點我也同意。正因為爸爸在離婚前都是一板一眼，媽媽才會還有眷戀。否則媽媽多半也會把爸爸的事斷得乾乾淨淨，甚至不准他與我會面。

「總而言之，我想這件事就到此為止。因為我也不想要兩個人把事情鬧大，給爸媽增添更多麻煩。」

『是啊。雖然站在我的立場，還會想對真樹的爸爸抱怨一下啦。』

「這就等下次有機會再說吧。」

第一次約會時沒能說出口，但是原本最重要的日子就是聖誕節，這個計畫並未改變。

所以一定不會有問題。

「那麼時間也晚了，聯絡就到此完畢。晚安，海。」

『嗯。晚安，真樹。睡覺要蓋暖一點喔。』

「嗯，我會的。」

結束通話後把手機放回原位，我倒在床上。

「……這樣就好，一定是的。」

我用家居服的袖子擦掉額頭上的汗水，再次有了這個想法。

爸媽之間已經結束了。今天爸爸的反應固然令人掛心，即使如此也不可能重修舊好。

所以我只要想著自己的事就好。

現在的我，身邊隨時有海陪伴。有這個把我放在第一順位考量，關心我到了讓我過意不去的人。當然了，天海同學、望，以及新田同學應該也是這樣。

往後我只要專心讓自己和這些人開心度日就好。

「沒事的……我不需要擔心任何事。」

如此心想的我再度躺回床上，但是先前作的夢一次又一次浮現腦中。到頭來，這一天以及隨後的假日，我都沒能睡好。

「……唔～」

假日結束，迎來期末考第二天的早晨。

坦白說，身體狀況說不上好。儘管為了確保充足的睡眠時間而提早上床，但是最後還是到了深夜三、四點才睡著。

儘管處於明明有睡意卻遲遲睡不著的狀況，但是早已決定的考試會平等地降臨到每個人身上，所以這時得打起精神努力才行。

「……呼～」

將冰冷的水往臉上潑，用雙手拍打臉頰提振精神。

雖然覺得眼睛深處還留有疲勞，不過等到考試開始之後，應該會忘掉這些疲勞吧。

「早啊，真樹。」

「早啊，媽媽。今天挺悠哉的嘛。甚至還做了早餐。」

離開盥洗間回到客廳一看，發現母親不知道何時已經起床，站在廚房準備早餐。平常的這時她都是用牛奶把一片吐司塞進嘴裡，然後手忙腳亂衝出家門。

「畢竟最近都把家事交給真樹，偶爾也要表現一下媽媽該有的樣子。來，煮好了。」

白飯、豆腐、海帶芽味噌湯、高湯煎蛋捲。而且是平常那種帶著淡淡甜香的煎蛋捲，不過教導我怎麼做的人就是媽媽。

我立刻夾起一塊送進嘴裡。因為很久沒吃，感覺比平常更好吃。

「怎麼樣？久違的媽媽的味道。」

「……還不錯吧。」

「是嗎？太好了。」

我們兩人面對面坐著，把白飯送進嘴裡。

雖然最近海常來家裡，但是能像這樣和媽媽兩個人坐在餐桌旁，還是覺得很開心。

說得貪心一點，真希望至少只有早上都能這樣，但是我很清楚工作也很重要，所以這部分得由我分擔才行。

而且我也絕對不討厭工作的媽媽。

「……欸，真樹。」

「嗯？」

「媽媽決定暫時請個長假。」

「咦？」

飯後的我正在收拾，在陽台抽著飯後一根菸的媽媽如此說道。

坦白說，我嚇了一跳。

昨天明明是週日依然跑去上班，毫無休假便迎來新的一週，即使嘴巴抱怨也不請假的工作狂媽媽，突然發出停職宣言。

「妳說請假是真的嗎？」

「真的真的，我很認真。我才不會用這種事騙真樹。」

「長假要休多久？」

「總之先請兩、三個月。接下來要怎麼做還在評估。」

「搞壞身體了嗎？」

「不，我還很健康……不過如果再這樣下去，肯定會搞壞身體，所以想重新評估工作方式。啊，還有就是被說要少抽點菸。」

好吧，如果把現在的生活環境說給醫師聽，無論誰都會這麼說，多半還會給些建議吧。

可是，說穿了這都是媽媽回歸工作時早已知道的事，她會突然改變主意嗎？

不對，其實是隱瞞自己得了某種重病……雖然想過這個可能，但是怎麼想都不覺得媽媽是會做這種事的人，而且日常生活也沒有什麼奇怪的地方。

「我提得很突然，所以公司方面也沒有好臉色……好吧，就是這樣，家事暫時由我來做。對不起喔，真樹。之前給你添了這麼多麻煩。」

「不會，我不覺得做家事有什麼辛苦，所以不算麻煩……」

既然媽媽願意做，那我也無所謂，不過我擔心的是錢。

如果請假兩、三個月，這段期間的薪水就會減少很多——生活費也會變得捉襟見肘，這點就連還是小孩子的我也能輕易想像。

「啊，當然錢的事情你不用擔心。我有積蓄，只是稍微請個假而已根本不受影響。像是和小海約會需要用錢時，都可以隨時跟我說。」

「……真的嗎？該不會早上起來發現媽媽已經連夜潛逃……」

「不會不會。真樹看太多電視了。」

我想爸爸在離婚時應該付了不少錢，但就算是這樣，今後還是要省著點花吧。

我果然也該去找個打工嗎？

「好了，今天難得來把房間做個澈底的大掃除吧。真樹，如果有色情書刊不想被我看到，記得好好放在上鎖的抽屜裡喔。」

「才、才沒有那種東西。」

坦白說不是沒有，但是最近在網路上大多能找到，所以我想應該不會發生媽媽期待的那種情形。

之後我們真的久違地兩個人一起悠哉地待到上學時間。媽媽明明在奮力打掃，臉上的表情卻顯得比平常更沒有精神。

之後我雖然感覺身體狀況不太好，仍然勉強撐過了第二天與第三天的期末考，時間來到放學後。

我決定把媽媽的事告訴海。

「……這樣啊。也是啦，就算在我看來，也覺得真咲伯母過度努力到了異常的程度，所以我覺得能像這樣好好休息，的確是件好事……可是這麼一來，就沒辦法像以前那樣隨心所欲了吧。」

到頭來，這點是個問題。

媽媽能夠遠離工作好好休養身體，的確可喜可賀。

然而要是有媽媽在看，就很難像以前那樣無拘無束又懶洋洋了。

像是直接把披薩盒放在地毯上邊吃邊玩遊戲，或是躺著滾來滾去，隨意吃著零食看漫畫……雖然好歹在海回家後我都會打掃，但是週五的我與海就是過著這麼懶散的時間。

媽媽當然准許我們「像平常那樣就好」然而即使是這樣，海也不是那麼沒常識的女生，不會因此光明正大地把我家當成自己家。

「這麼說來，這週要怎麼辦？要像平常一樣在我家玩？還是改變一下計畫，做點別的事情呢？」

「嗯～……我覺得這樣也行……嗯？啊，等等。媽媽打電話給我……喂？什麼？」

海和空伯母講電話時，我繼續思索有沒有什麼好主意。

隨著我們的感情愈來愈好，最近週末的大部分時間變成兩個人悄悄膩在一起。這本來就是海因為國中時代以來的問題，精神方面承受不住想要放鬆一下，才會開始的事。

尤其是上週到這週都在準備考試，又有爸爸的事，給海添了不少麻煩，所以我也想盡可能慰勞她。

如果能夠有個地方讓海不用顧慮任何人，悠悠哉哉就好了。

「啊～……好吧，我想應該沒有什麼安排……那我現在問問看。好，那先這樣。」

「……妳們好像講了很多，出了什麼事嗎？」

「不，也沒什麼大不了，不過……真樹，關於這個週五啊，要不要來我家吃飯？我家母親大人這麼吩咐。」

「咦。」

「……然後，嗯，接下來才是正題。」

海以過意不去的表情說下去：

「……聽說這一天我家父親大人也會回來。」

「不要。」

我反射性便脫口而出。

「不准說不要……你也知道媽媽已經把你的事跟爸爸說了吧？爸爸說他想好好看看你的模樣。」

「不……」

「不准說不要。」

就是這樣，能夠輕鬆將我眼前的煩惱拋到九霄雲外，讓人瞬間清醒的大事就這麼定在聖誕節前夕。

和海的父親大地伯父見面……雖然我早想到總有這麼一天，但是搞不好在擔心家裡的那些事之前，應該先擔心自己的小命。

「啊，這樣啊，這一天終於來臨了。海一家人久違地享受天倫之樂，這種場合找了真樹同學過去……請節哀。」

翌日的午休時間，天海同學聽我與海提起週五的事之後，說了這麼幾句話。

遇到這種狀況，照理來說天海同學的反應應該是——

「啊～！好好喔好好喔！我也想和你們一起吃飯！」

然而就這次而言，她看起來一點也不羨慕。

這可是只要有海的地方就會不顧一切跟過去的「那個」天海同學。

因此在這個時間點，就可以知道這下相當不妙。

「好～真樹，現在就開始練習下跪磕頭吧。只要你誠心誠意道歉，表示令千金的事你非常過意不去，相信他們一定不會要了你的小命。」

「不，我什麼都沒做……眼前是不是先把額頭抵著地板比較好啊？」

「是啊，這樣比較有真心誠意的感覺。」

「喂～那邊的兩個笨蛋，回神喔。」

我和在我身旁聽聞情形的望大談怎麼下跪磕頭，看著我們兩人的海傻眼開口：

「只是在家裡吃個飯，才不會變成那樣好嗎？我家爸爸雖然在家不太說話，但是也沒這麼可怕……夕少說些有的沒的恐嚇真樹。」

「我又沒說大地伯父可怕。」

「也對。你怕的是我們家的陸嘛。」

「陸？啊、啊啊，是海的哥哥嗎？有這個人嗎？」

「不要從記憶裡抹除。」

明明和海是好朋友，但是天海同學卻對陸哥做出這樣的反應。

大地伯父在家，當然就表示陸哥也會一起。所以我個人對他也挺好奇。

「海，為什麼天海同學那麼害怕陸哥呢？」

「老哥其實很喜歡夕的樣子，只有在她來的時候會變得形跡可疑，還很噁心。雖然平常只是個不太踏出房間的無業遊民。」

「無業這點是還好，不對，還是不太好……妳說會變得噁心，例如呢？」

「像是無意義朝著夕匍匐前進，或是用四隻腳走路。」

「我本來想盡可能幫他說話，然而卻辦不到。」

根據以前聽到的情報，陸哥以前和大地伯父一樣是自衛官，所以匍匐前進也許是當時留下來的技能，但是用四隻腳走路就有點莫名其妙。

這樣一想，便能體會天海同學為什麼會害怕。

「可是就算扣掉這些，我還是好羨慕真樹啊。這週在朝凪家，然後下週一起去聖誕派對對吧？像我可是跟我姊一起啊。她說我如果一個人沒事做就來打雜。這誰受得了啊。」

「我沒說要參加，所以去不了派對……倒是你說姊姊——她也就讀我們高中嗎？」

「嗯？喔喔，對啊。關智緒，現在的學生會長……咦，我沒提過姊姊嗎？記得自我介紹的時候稍微提過一下。雖然當時她好像是副會長啦。」

我、海、天海同學交換了一下視線，但是當然沒有當時的記憶。

「好過分啊。尤其是真樹，校慶那時是由我姊姊代表頒發紀念品給你的。」

「……哎呀，當時我很緊張，對於長相也很模糊。」

名字當然有聽過，但是聽他這麼一說才想起，當時我就心想她的姓和望一樣，真沒想到竟然是姊弟。

「那麼把話題拉回來，真樹不參加派對嗎？」

「不參加啊。如果是現在……還會考慮一下。」

如果我還是以前那種在班上屬於「讓人捉摸不清的人」就算了，現在有海還有天海同學，所以我想去了應該也不會被孤立，還能玩得挺開心的。

「這樣啊。那我現在就去找姊姊，拜託她看看能不能讓真樹也參加。」

「咦？辦得到嗎？」

「誰知道。可是參加人數應該相當多，所以搞不好會有人取消。」

的確，策劃這次派對的是我們學校的學生會。而身為學生會代表的學生會長正是望的姊姊，所以只要拜託她，的確會覺得也許有辦法安排。

「而且，與其讓我自己一個人待在平常那個全部都有女朋友的團體裡，跟真樹一起也比較輕鬆……其他兩個人覺得呢？」

「這個嘛，我和夕當天大概都會在發呆，所以如果能和真樹一起，我覺得這樣也沒有問題。夕呢？」

「我也無所謂。反正很閒，而且和學生會長一起就表示需要幫忙一些幕後的工作吧？我沒做過這種事，所以感覺好像很有意思。」

兩人都沒有異議，所以我們立刻前往學生會長所在的學生會室。

「──望，你為什麼就是……」

學生會長在一個人待起來有點太大的學生會室裡靜靜享用午餐，聽完弟弟的請求之後，伸手按壓太陽穴。

二年級的關智緒學姊。我還是第一次好好觀察她的模樣，她和弟弟望一樣個子很高，綁在腦後的黑色長髮很好認。

儘管現在因為望的請求導致表情有些扭曲，依然眉目清秀，非常漂亮──身後的海用力捏了我的側腹，所以就此打住。

「我知道突然這麼拜託很不好意思。那麼有可能嗎？還是沒辦法？」

「……的確有收到幾個人說要取消的聯絡，人數方面沒有問題。」

「喔，不錯嘛。那就馬上把真樹的名字加進去——好痛！」

「就叫你聽我說話，這個傻瓜。」

只看兩人的互動，關家給人「能幹的姊姊」搭配「淘氣的弟弟」的感覺。

根據望的說法，她是個「把弟弟當成奴隸一樣使喚的魔鬼」……不過關於這點學生會長多半也有話要說，所以對此先行保留。

「你是前原同學嗎？首先，謝謝你和我弟弟當朋友。身為姊姊，我也很擔心弟弟的交友關係，所以有像你這種正經的友人，我很開心。」

「哪裡……比起這個，我更想說對不起。派對都快開始了，這才突然說想參加，給妳添麻煩了。」

「是啊，的確。本來想參加而付錢的人取消是常有的事，所以我們也有所準備，基本上不會同意新增參加者。」

以這種派對來說，都會事先製作名冊，並且請參加者攜帶邀請函。這是為了避免外人擅自混進來。

就算是這幾間學校的學生，也打算付錢，而且事先和身為負責人的學生會長提過，但是既然有其他高中參加，現在要重做名冊也很困難。

「真的假的？那我就要被貼上『說了大話但是只能和姊姊共度聖誕節的男人』這個標籤，面對今後的人生——啊！」

「就叫你先聽我說完……我還沒有拒絕。」

「也就是說……」

「對。這次是我們學生會成員也有人缺席。因為是幕後人員，不能參加派對裡的遊戲，但是可以在休息時間享用餐點。」

也就是說，我可以有條件參加了。

「……非常謝謝妳，會長。」

「這是在我的權限內能夠自行決定的極限了……對不起，做出這種像是突然把工作塞給你的事。」

「哪裡。光是能夠參加就很好了。」

這樣一來，聖誕節有很長一段時間可以和海在一起。

這點真的讓我很開心。

「太好了，海。」

「……妳在說什麼？」

無論海還是天海同學似乎都會盛裝打扮，所以這點也很令人期待。只不過我特別期待的對象是海。

「那麼事不宜遲，我馬上說明當天要請你們做的事，你們可以先坐下嗎？」

「好的，會長。」

「好好好。」

「好～！來，海也坐下吧！」

「等等，我知道啦……」

雖然要做的事很多，當天會很忙，但是相對的也會確實得到更多樂趣，而且這樣比較能讓我別想太多，所以應該算是好事吧。

聖誕節……但願可以順利度過。

為什麼不希望來到的一天以下省略。

以有如光速的速度迎來週五放學後，我先和海道別回到家裡，在自己的房裡進行出門的準備。

「海是說隨便穿就好……不過該穿哪一件衣服呢？」

海也說她會穿室內服等我，所以我穿平常的運動服大概也行，不過……還是直接把約會時那套衣服穿過去？不，那似乎又太拚了。

多方煩惱的結果，決定只把牛仔褲換成約會時的那件，剩下就穿灰色連帽T恤和黑色羽絨外套。鞋子穿最近新買的運動鞋應該就行了吧。

「對不起，今天我家兒子……哪裡哪裡，你們儘管狠狠教訓他也沒關係。」

我正在換衣服，就聽到媽媽用應對外人的聲調說話。講電話的對象多半是空伯母吧。

而且明明只是去吃頓晚餐，到底要教訓什麼？

「好的，那就請多多關照了。好的，好的，再見。」

「……不用每件事都打電話也行吧。」

「我也這麼覺得。不過還是先說一下。而且我也想久違地和空太太說說話。」

媽媽講電話時的語氣很開朗，但是掛了電話又變回最近不太有精神的模樣。客廳的菸灰缸裡，積著有如小山的菸蒂。

「欸，媽媽。」

「什麼事？我話先說在前面，如果要在小海家過夜，記得確實聯絡——」

「……果然是爸爸對妳說了什麼吧？」

媽媽的表情瞬間變得嚴肅。

「你在說什麼？你爸爸跟我的聯絡和平常一樣——」

「媽媽。」

「……不是的，那個——」

「果然是這樣吧。」

媽媽沒有打算提起，所以我不知道該不該問，結果還是忍耐不住。

話說自從我在週末見了爸爸，她就立刻說要請假，所以即使不問也能輕易想像。

「……嗯。因為被你爸爸拆穿了。就是現在的工作。然後我就被罵了。當然了，我也有所自覺。」

之後我聽媽媽稍微說了一些，似乎是媽媽隱瞞爸爸，沒有把現在忙得要死的出版社工作告訴他，結果遭到爸爸質問，說她帶給兒子不該有的負擔是什麼意思。

至於為什麼會被拆穿，原因就是我因為冬天洗碗之類的家務，變得粗糙的手。

這麼說來，就想起上週即將道別時，爸爸曾經針對怎麼護理手給予建議。該說爸爸果然不簡單嗎？連這種小地方都看得很清楚。

「不過這也輪不到爸爸多嘴吧……要不然我們也沒辦法生活。」

「……」

然而媽媽低頭不語。

這讓我猜到了。

「媽媽，難道不是這樣嗎？」

「……嗯。對不起喔，真樹。其實爸爸每個月都有給我們錢，足夠讓我即使不去工作也能正常生活。」

「那麼現在的生活費，全都是出自媽媽的薪水嗎？」

「嗯。爸爸給的錢我全都沒動。我這是在賭氣，想證明即使沒有那些錢，照顧自己和真樹的生活這點事還難不倒我。而且工作的時候又能忘記那些多餘的事。」

然而爸爸湊巧在車站大樓遇見我，還有上週的會面日對我的情形起了疑心，於是質問母親，以不客氣的語氣說了些不好聽的話。

這正好是上個週末發生的事。也就是說爸爸在和我道別後，立刻和媽媽聯絡。關於詳細情形，媽媽以「因為說的話不是太好聽」為由含糊其詞，但是這下多半帶給媽媽相當大的打擊。據說就是因為這樣才會請假。

「對不起喔，真樹。之前都因為我們的私事把你耍得團團轉，讓你感到寂寞了。可是以後不要緊了。雖然沒辦法三個人一起生活，可是媽媽會陪在真樹身邊的。」

「……媽媽覺得這樣好嗎？」

「嗯。雖然工作也很開心，可是還是真樹最重要。如果因為工作而失去真樹，那就本末倒置了。」

如此說道的媽媽露出無力的笑容。

竟然要請假不去做喜歡的工作，所以上次放假應該也在我看不見的地方苦思許久吧。

可是，我可以因此把這當成媽媽的選擇嗎？

「……工作時的媽媽我也喜歡。」

「呵呵，謝謝。那麼等到真樹大學畢業和小海結婚後，媽媽要不要再去工作呢？啊，還是高中畢業就來個學生結婚？我完全沒問題喔。」

即使媽媽同意，朝凪家多半不會答應吧。一旦做出這種事，那可不是被教訓一頓就可以了事的。

倒是關於我和海結婚這件事，在媽媽心中似乎已經確定。

我們現在姑且還不是男女朋友。

「好啦，家裡的事先說到這裡，趕快去吧。啊，這個是我從職場收到的點心禮盒，這也送給空太太吧。」

「嗯。我知道了……可是。」

「沒關係的。好了，快點。要不然就趕不上約好的時間了。」

「啊啊……好、好啦，真是的。那我出門了。」

事情還沒談完就被趕出家門，就這麼結束話題真的好嗎？

總而言之，我覺得今天晚上會很漫長。

由於最近時常送海回家，前往朝凪家的路已經很熟悉，不過上次踏進朝凪家裡是海在我家過夜的翌日登門拜訪時，所以這是第二次。

「他們說今天很冷，所以吃火鍋。真樹，你沒有什麼不敢吃的東西吧？」

「啊，嗯。沒有。」

「這樣啊。那我的胡蘿蔔就交給你了。」

「原來妳有喔。我不會叫妳喜歡吃，不過我想還是吃一點比較好。」

我和在自家附近等我的海會合，一邊聊著無關緊要的話題一邊走進朝凪家大門。

「啊，你先進去吧，門沒鎖。」

背後傳來海關門的聲音。這麼一來便無法回頭了。

「打、打擾了……」

一走進玄關，便看見穿著圍裙的空伯母出來迎接。

「哎呀，歡迎你，真樹同學。今天不好意思喔，讓你特地過來一趟。」

「哪裡，我才不好意思……這個是媽媽要我轉交的。只是一點心意。」

「哎呀，謝謝你。來來來，進來吧。」

在走進家門的時間點，該怎麼說，總覺得空氣，或者是氣氛和上次來的時候不一樣。

朝玄關一看，有雙大概有我的運動鞋一．五倍大的鞋子。這雙鞋子看起來穿很久了，但是完全沒沾上泥土，擦得亮晶晶的。多半是大地伯父的鞋子吧。鞋子保養得很好，光看鞋子就知道他的個性。

也就是說，他離我只有幾步之遙。

「真樹，你還好嗎？看你一臉心臟隨時都會停止的表情。」

「我、我沒……嗚噗。還好。」

我做個小小的深呼吸，勉強嚥下緊張的情緒，這才走向客廳。

總之得先打招呼才行。只要利用一開始的招呼留下好印象，應該暫時不會被瞪吧。

「打擾了。這個，我——」

「——唔。」

「嗯！啊噗！」

然而我正要打招呼時，突然有東西擋住我的視野。

因為是用力撞了上去，我當場坐倒在地。

「等等……真樹，你還好嗎？有沒有哪裡會痛？」

「啊，嗯。我只是嚇了一跳，跌得有點誇張。」

我拉著海朝我伸出的手站起來，只見眼前有個個子很高的人。

穿著家居服的年輕男子……這個人多半就是海的哥哥陸。

「等等，老哥，既然知道有人回來，就不要在這時從客廳走出來好嗎？」

「啥？上個洗手間的自由總該有吧，這個笨蛋。」

「啥？洗手間？你不是才剛去過嗎？還有不要叫我笨蛋。」

「……我喝太多咖啡了啦，笨蛋。」

陸哥朝我瞄了一眼，便走過我的身旁前往洗手間。

「那、那個，我是前原。你好。」

「……啊啊，嗯。」

他只是輕輕點頭，但是從他身上感覺不到那種「竟敢對我的妹妹……」的戒心。不過根據剛才的對話，兄妹間的感情似乎不是太好，所以這也是理所當然吧。

「那孩子真是的……啊，孩子的爸，我帶他過來了。」

「啊啊，難得你過來，先坐那裡吧。」

「好。真樹同學，你可以先坐對面嗎？」

我聽從空伯母的吩咐，坐到客廳的沙發上。

「——你好，前原同學。我是海的父親大地。」

「伯、伯父好。我、我叫前原真樹。」

與大地伯父面對面的瞬間，今天最強烈的緊張感湧上心頭。

好大。整體來說都很大。

說是人如其名也許很失禮，不過這就是我對大地伯父的第一印象。

當然了，以前海也拿過全家福的照片給我看，所以我早有一定程度的覺悟，但是透過手機畫面和在現實當中實際看到，感覺還是很不一樣。

「……前原同學，首先謝謝你在有很多事要忙的年底，特地過來一趟……還有，我家女兒的事也是。」

「哪、哪裡……我才是受到海……啊，不是。」

「你就用平常的稱呼沒關係。女兒也已經是高中生了，既然是男女合班，有要好的異性同班同學也不是什麼不可思議的事。」

看得出來是個彬彬有禮的人，或許是因為個性認真，正經八百的表情絲毫沒有變化。

雙眼直直盯著我，眨都不眨一下。

可以感受到強烈的壓力。

說是被蛇盯上的青蛙不知是否恰當。

「真是的，你那麼大的個子還一臉正經，會嚇到真樹同學好嗎？來吧，表情肌肉放鬆一點，笑一個。來～」

「唔……孩、孩子的媽，妳在客人面前做什麼——」

「哎呀，有什麼關係。畢竟以後我們和真樹同學多半還會有很多往來。你也沒那麼多機會見到他，所以得趁現在打好關係才行。」

「妳說的話也有道理，可是這種事總有個順序——」

「海～我要讓這個腦袋像石頭一樣頑固的大叔搞清楚狀況，可以幫我一下嗎？」

「好～」

「唔……妳、妳們兩個快住手……！」

「唔呵呵，不行。海，我們上。」

「遵命。」

如此說道的兩人開始按摩大地伯父的臉……應該說是亂揉一通。

大地伯父雖然做出像是要揮開兩人的動作，基本上還是任由朝凪家的兩名女性擺布。

感覺隱約可以了解朝凪家如此和睦的理由。

搞不好看在旁人眼裡，我與海也是這個樣子？

「前原同學……不好意思，麻煩你也說她們兩句——」

「不行喔，老公。不是前原同學，而是真樹同學，對吧？」

「真、真樹同學……拜託……」

看到三人的互動，我確實理解朝凪家的權力關係。

從第一次見面時就很體貼，很好說話的模樣讓我有了誤會。

朝凪家的權力順位是「第一（空伯母）並列第二（海、大地伯父）第四（陸哥）」。

「呃……空伯母、海，那個，大地伯父好像很困擾，而且我也會像平常一樣說話，希望妳們可以高抬貴手……」

「是嗎？那麼海可以停手了。」

「好好好。」

海一副真是受不了的模樣退開，大地伯父總算得以解脫。

「咳、咳。真樹同學，不好意思讓你見笑了。不過我家差不多就是這樣。」

「呵呵，就是啊。很有意思吧？」

「是、是啊。」

總之，空伯母能夠中意我真是太好了。多半是第一次見面時我有好好反省過夜的事，讓空伯母對我的印象變好吧。

「媽媽，鬧劇差不多演到這裡，我們也該開飯了吧。我肚子餓了。」

「是啊，爸爸和真樹同學也順利見面，就這麼做吧。老公，你叫一下上完洗手間就躲回房間的哥哥。」

「啊啊，嗯。」

這麼說來我才想起來，陸哥去洗手間也已經過了大約十分鐘，但是完全沒有回來的跡象。雖然我也知道是因為有我這個外人，讓他待得很不自在。

於是大地伯父按下客廳裡的電話機按鈕。

「——陸，下來。」

『……是。』

只是靜靜的一句話就能輕而易舉攻陷陸哥。

……感覺大地伯父果然很可怕的人，莫非只有我嗎？

過了幾秒鐘，陸哥便回到客廳，於是朝凪家再加上我的晚餐就此開始。

本來擔心會不會緊張得難以下嚥，但是剛煮好的火鍋冒出的熱氣與香氣，讓我的食欲完全復活，所以我認為人類的身體真的很了不起。

至於座位，考慮到空間，決定在平時海與空伯母坐的那邊多加一張椅子。大地伯父和陸同學的體格都很高大，所以這樣是無所謂。

「——媽媽。」

「嗯？海怎麼了？」

「為什麼真樹坐在『這個位置』？」

我終究是前來叨擾的客人，所以坐在餐桌角落就好，但是卻在不知不覺間被空伯母與海夾在中間。

「咦？他可是久違的客人，得好好招待他才行啊。」

「我、我自然會招待——」

「那我豈不是沒辦法跟真樹同學玩了嗎？海，媽媽覺得獨占這種行為太狡猾嘍～？」

「果然這才是目的嗎？」

看來我會坐在這個位置，是出自空伯母的要求。

這麼一說我才想起來，上次過來這裡打擾時，海就坐在我與空伯母中間。

「可是平常實在沒有太多機會照顧這個年紀的男生。陸明明叛逆期來得很快，卻又很晚才結束，現在一開口就把我當成老人。這方面真樹同學就很有禮貌又很可愛，讓我忍不住想要多多關照他。」

既然如此，就覺得可以理解海為什麼會中意我。空伯母與海的個性姑且不論，至少外表十分相似，搞不好她們對男性的喜好也有共通之處。

至少絕不是以貌取人。

「孩子的媽，海。」

「妳看，爸爸都說話了，妳就別再計較了。不用擔心，『啊～』餵食真樹同學的工作會讓給海的。」

「這、這種事……真是的，媽媽是笨蛋。」

臉紅的海氣噗噗地咬下眼前的肉，然而倒是不忘不時將昂貴的食材先夾到我的盤子上。

面對這種狀況，我的個性無論如何都會顯得客氣，所以她的顧慮讓我非常開心。

「啊，對了。欸，真樹，吃完飯後要不要玩遊戲？我們平常在真樹家裡玩的那個，我買了系列最新作。」

「咦？真的假的？要玩，我想玩。那個系列都很貴，我一直買不太下手。」

「好，那麼飯後就來對決……所以啦，老哥，我們要借用你的房間。」

「遊戲是我的，還有不要若無其事踏進哥哥的私人空間。妳跟朋友待在裡面時，我要去哪裡才好？」

「咦？就業服務處？」

「這個時間早就關了！」

「我知道。可是找工作這種事用電腦也行吧。對吧，爸爸？」

海把話題扯到大地伯父身上，陸哥不禁抖了一下，全身僵硬。

「陸。」

「是。」

「週一一定要過去一趟。」

「……我知道了。」

即使是這種乍看之下讓人喘不過氣來的緊張對話，但卻不可思議有種和樂融融的氣氛，多半是因為四個人形成很好的平衡吧。大地伯父的外表嚴肅，卻又有著溫和的一面。空伯母臉上隨時掛著笑容。陸哥意外正經。再加上能幹的海會觀察他們的情形，巧妙維持平衡。

因此雖然各有怨言，四個人還是開心地圍在餐桌旁邊。

我覺得這樣很好。心情也變得溫暖。

然而就在如此思考的同時，一段記憶閃過腦中——

「真是的。對不起喔，真樹。難得你過來一趟，老是讓你聽這些無聊的話題——」

談話告一段落的海轉頭看向我，表情頓時變得僵硬。

「嗯？海？怎麼了嗎？我的臉上有東西嗎？」

「不，還問我有沒有……真樹，你該不會沒發現吧？」

「咦——？」

這個瞬間，一顆透明的水珠滴落桌面。

這時我才總算察覺自己正在流淚。

前原家三個人還開開心心在一起的兒時回憶，清楚地浮現腦中。

※※

兒時開心的回憶一個個浮現又消失。

「媽媽，今天吃什麼？好香。」

「嗯～吃什麼呢？真樹，你猜猜看？」

「嗯～……漢堡排？」

「喔，答對了。為了獎勵你，給你剛煮好的糖煮胡蘿蔔。」

「嗯～討厭胡蘿蔔～」

「不可以這樣，真樹是男生，不可以挑食，全部都要吃。」

「我回來了。你們兩個，我回來嘍。」

「啊，爸爸！你回來了！」

「是啊，爸爸回來了。今天真樹乖不乖啊？」

「嗯。」

「老公，不可以被他騙了。這孩子剛剛還說不想吃胡蘿蔔。」

「喔，是這樣嗎～？那就不能算乖啊～」

「……那我吃。」

「喔，真樹好棒，好乖。」

「呵呵，真樹真的很喜歡爸爸。來，正好煮好了，一起吃吧。」

「嗯！」

……這個時候，我以為這樣的時光會一直持續下去。

有點嘮叨的媽媽，不曾讓我看過生氣模樣的體貼爸爸。

然而在那之後過了幾年，看見這種光景的機會逐漸減少。

「爸爸好晚喔。」

「對啊。他有說今天一定會回家。」

「……媽，我肚子餓了，我們先開動吧。再等下去一定會等到深夜。」

「也對。難得今天我努力下廚……」

起初大概每週一次，後來變成兩次、三次，最後則是每天，前原家的餐桌上基本上少了一個人。

爸爸起初也會為這件事道歉，但是等到每天都這麼晚回家便不再道歉了。

餐桌只有兩個人的情形持續了一陣子，隨著我長大，變成對話漸漸減少。之後伴隨爸爸在公司步步高升，調任的機會也為之增加，隨之而來的轉學讓我交不到朋友，是我無法融入校園生活而煩惱的時期。

「媽媽，我說啊……」

「怎麼了？莫非在學校出了什麼事？」

「沒有，什麼事都沒有……」

其實我正是因為「什麼事都沒有」而煩惱，但是我又不敢在幾乎沒有談話的沉重氣氛下提起這個話題。

因為我知道，媽媽也同樣為了與爸爸的事而煩惱。

即使餐桌旁邊坐著兩個人，但是這個時候感覺就好像有一道看不見的牆壁，把兩個人區隔開來。

接著等到雙親離婚後——

『（媽媽） 上班會遲到，你一個人吃吧。』

餐桌旁邊就只剩下我一個人——

※※

當我發覺自己在哭的瞬間，我澈底理解了。

到頭來，對於過往的天倫之樂留有最多眷戀的人是我。

聽從大家的決定？怎麼可能。

我在夢中好多次想說，到頭來還是說不出口的話語。

「我不要你們離婚。我要你們和好，三個人再一起和樂融融。」

為了爸爸。

為了媽媽。

為了日後平靜的生活。

從雙親離婚到現在，我只不過是在一直找藉口掩飾自己的真心話。

腦中浮現我想再見一次的兒時光景——多半就是我重新體認這個光景再也不會回到我面前的後悔，讓我流下眼淚。

我羨慕海的家庭。

可是都已經是高中生了，還想著這種事，讓我覺得自己真沒出息。

「這個，對不起。我，為什麼……我明明不想這樣。」

然而即使流淚，為什麼偏偏選在這麼差的時機呢？我立刻用袖子擦了幾下臉，但是淚腺始終不聽使喚，反而更加勢不可遏地哭了出來。

「真樹同學……」

「哎呀哎呀……」

「喂、喂。」

事出突然，使得大地伯父、空伯母、陸哥都大感不解。

是啦，之前包括我在內的所有人一起和樂用餐，但我卻突然流下眼淚，所以他們一定覺得莫名其妙吧。

海似乎察覺到是怎麼回事，但是也不知道該對我說些什麼。

「真樹，這個，總之先用手帕擦一下……」

「謝、謝謝……對不起，海，我去呼吸一下外面的空氣，好讓腦袋冷靜。」

「啊，真樹……！」

我從海手上接過手帕，揮開海打算制止的手便衝出朝凪家客廳，穿上鞋子跑到外面。

外面當然很冷，強風陣陣。

連我自己都覺得到底在搞什麼。我的行動毫無意義。而且不是直接回家，就只是逃到屋外，只會讓大家為難。

「啊啊真是夠了，我在搞什麼……虧大家對我這麼好，我卻擅自為了別的事情哭了起來，讓他們為難……！」

我明明想與海變成男女朋友，非得讓她看到我像樣的地方不可，卻在她的家人面前突然眼淚流個不停。

好難為情。

好沒出息。

好遜。

好噁心。

簡直像個小孩子。

我已經是高中生了，卻是個沒救的撒嬌鬼。

「……真樹，等等……！」

「海……」

這個聲音讓我回頭，只見穿著單薄居家服的海追了出來。她多半和我一樣，不聽空伯母和大地伯父的制止，就這麼衝了出來。

「妳穿得這麼單薄……我等一下就回去，海先待在家裡！」

「囉唆，真樹笨蛋！笨蛋真樹！你難道不知道我的個性嗎？看到重要的朋友露出那種表情，我怎麼可能放著不管！」

「唔……總、總之現在先讓我一個人靜一靜！」

「囉唆，你別再跑了，乖乖束手就擒！」

雖說男女有別，但是我們的身高幾乎一樣，運動神經又是海好上許多，而且體力也是她比較好。

因此後續發展再明白也不過。

「呼……抓、抓到了。」

「嗚……」

大概在距離朝凪家三十公尺的地方，海的手牢牢抓住我的手腕。

隨著海用力一拉，我和海四目相對。

「……笨蛋。真是的，看你哭成什麼樣子。」

「……抱歉。」

「沒關係……來吧，過來這邊。」

「嗚——」

如此說道的海將我擁進懷裡。

或許是因為穿得單薄，海胸部的柔軟與溫暖，以及怦咚怦咚跳得很快的心跳聲，都讓我感受得比平常更清楚。

「……海，我好難為情。做出這種像是小孩子的事。」

「就算是高中生，我們不也還是不能抽菸也不能喝酒的小孩子嗎？既然這樣，就算像這樣向別人撒嬌，應該勉強可以得到允許吧。」

我的臉多半因為眼淚和鼻涕搞得很難看，但是海不顧是否會弄髒衣服，緊緊抱住我，說什麼也不放手。

海的身體散發一如往常的淡淡甜香——這讓我激動的內心逐漸恢復平靜。

「現在沒有別人，沒有任何人會看不起真樹。所以現在什麼都別想，儘管對我撒嬌撒個夠吧。」

「……抱歉。」

「這個時候應該說謝謝吧？」

「嗯……謝謝妳，海。」

「嗯。」

在那之後，我將一切都委身於海。

直到因為突然奔跑而受到驚嚇的心臟鎮定下來。

直到莫名其妙流眼淚，變得一團亂的思緒恢復清晰。

我就像個幼小的孩子，只是委身在海的溫暖當中。

當我找回平靜之後，考慮到穿得這麼單薄，一直待在寒冷的外面實在不妥，於是決定先回朝凪家。

我對著因為擔心出來迎接的三人為先前的事致歉，接著前往海位於二樓的房間。

「真樹，進來吧。雖然有點亂，但是我想這裡應該可以單獨說話。」

「……打、打擾了。」

雖然她說有點亂，其實只有桌上的文具和化妝品有點亂，比起我的房間衣服、漫畫隨手扔在地上的情形要好得多了。

而且理所當然有股好聞的香氣。

即使是在這種時候，我依然抱著這樣的念頭。

該說無藥可救還是怎麼回事呢？

「真樹，過來這邊。」

「……嗯。」

我就像受到吸引一般，和先前一樣投向海的懷裡。

雖然海說過「今天就不用跟我客氣了」……但是我想到之後還是得向大地伯父他們鄭重道歉才行。

然而，我已經有多少年不曾像這樣向誰撒嬌了呢？至少已經久遠到只留下一些很模糊的記憶。

「你果然一直為了父母的事情煩惱吧。」

「……嗯。雖然在我的心中，應該已經想開了。」

我暗自在心中為了打破跟媽媽的約定而道歉，還是將一切告訴海。

包括離婚當時的情形、上次會面日和爸爸的交談，還有偶遇新田同學的事也說了。

海只有在新田同學登場時露出尷尬的表情，除此之外什麼都沒說，只是輕輕撫摸我的頭，靜靜聽我說話。

「……這樣啊。真樹，你很努力了。這麼一說我才想到，進了十二月後發生的事情真是讓人目不暇給呢。聖誕節、關那個呆子的事、考試的事，還有下週派對的幕後工作，以前都不知道的湊小姐，父母的爭吵……發生這麼多事，就連我也會被搞得暈頭轉向。」

「雖然覺得其中有一半是自作自受……」

「也許是吧。不過也可以說就是因為這樣勉強自己，真樹才不用繼續忍耐下去。如果一直勉強還在容許範圍裡，真樹就會一直不對任何人提起，獨自忍耐下去吧？」

「……大概。」

我多半會壓抑自己真正的心意，懷著總是有點不舒坦的心情活下去吧。

然後就像新田同學給的忠告那樣，變得有如爸爸那種失去爆炸機會的未爆彈。

雖然這次並未演變成這樣，我像個撒嬌鬼一樣向海撒嬌。

「總之，現在的你什麼都不用想，儘管向我撒嬌吧。之後的事就等好好睡一覺，吃過飯填飽肚子，充分恢復精神之後再來考慮就好。你最近不太好睡吧？」

「嗯。可是我覺得如果是現在，感覺馬上就能睡著。」

「是嗎？那麼今天你可以直接睡到早上。雖然得要過夜，不過這些事我和媽媽會想辦法處理。」

「……嗯。」

既然海都這麼說了，今天的我就恭敬不如從命。

關於變成在這裡過夜這一點，就等明天確實恢復精神和冷靜之後，再向朝凪家的各位致歉了。

我和望只有稍微練一下的下跪磕頭，說不定真的會派上用場。

……我漸漸有了能夠去思考這種玩笑的餘力。

「那麼晚安……謝謝妳，海。」

「嗯，晚安。真樹。」

——真樹，我一直都…………………喔。

聽著耳邊溫柔的輕聲細語——

……就這樣迎來早上。

在喜歡的女孩子床上。

被喜歡的女孩子擁在懷裡，像個小孩子對她撒嬌。

從上周到昨天一直過著睡不好的日子，所以已經很久沒像這樣熟睡了。

途中完全沒有醒來，回過神來已經是早上。

這是理想的睡眠，關於這點可以當成是好事。

然而隨之而來的就是我搞砸了。

「……喲。」

「喲……」

醒來只見海平靜微笑的臉龐近在眼前。

她和昨天一樣，用溫柔的動作輕輕撥弄我的頭髮。

「海，現在幾點？」

「嗯？嗯~……八點多。還好今天放假。雖然即使要上學，我也不打算叫醒你。」

「既然妳先醒來，可以先下床也沒關係啊。」

「話是這麼說沒錯，但是我一動真樹就會醒來。不過我也是大概一小時前才醒，而且看著真樹的睡臉，時間一下子就過去了，所以沒事。」

「這樣真的沒事嗎？」

她也許是第一個可以被我的睡臉偷走這麼多時間的人。

「那麼我要問了，你覺得怎麼樣？」

「什、什麼怎麼樣？」

「在我的胸口撒嬌睡著的感想。」

「……好直接啊。」

「欸嘿嘿。感覺現在大概可以問……然後呢？」

「……非說不可嗎？」

「如果無論如何都不想也可以不用說，不過你肯說的話我會很開心。」

「這樣啊。」

「嗯。」

雖然有半天維持同樣的狀態，我卻事到如今才感覺到難為情的情緒湧上來，但是既然海想聽我的感想。

「……真樹滿臉通紅耶？事到如今才在臉紅？」

「妳、妳很囉唆耶。因為我昨天有點缺乏冷靜，沒辦法正常判斷。」

「好好好。那麼請說感想。」

「……先說好了，如果妳笑我，我會不開心。」

我把視線從海臉上移開才低聲說道：

「軟、軟軟的。」

「然後？」

「暖暖的。」

「嗯。」

「香、香香的……該怎麼說，不對。」

我的臉因為羞恥瞬間變得好燙。

雖然是海希望我說，但是我到底在說些什麼啊。

在喜歡的女孩子面前。

……我是笨蛋。一定是還沒擺脫昨天的動搖。

「這麼說來，很適合好好睡一覺了。既然這樣就不枉我借給你了。」

「……妳不笑我嗎？」

「如果你希望，我也可以有事沒事就笑你，然後說上一週左右喔？」

「別、別這樣。」

我還以為她會說我很色還是什麼的，但是從昨天晚上起，海就一直很體貼。

應該說太體貼了。

我的醜態視情況而定，也有可能遭到輕蔑，或是讓人再也不想理我，但是每當遇到這種狀況，海都會緊緊抱住我，撫摸我的頭安慰我。

「……海，妳做得太多了。我根本沒能為海做什麼值得妳為我做這麼多的事。」

「沒那回事。真樹為我做了很多。」

海立刻搖頭接著說道：

「真樹也許沒發現，但是自從我們成為朋友到現在，已經有好多次都是真樹的體貼拯救了我喔？我為了和夕的關係煩惱時，也是因為真樹一直陪在我身邊，才有勇氣和夕和好。才不用變得孤伶伶一個人。因為真樹這樣對我，所以我也這樣對你……只是如此而已。」

也就是說，在海心中是認為兩不相欠，然而就算是這樣，對於還只是「朋友」的男生做到這個地步，未免有點過頭了。

「……我們彼此都不太會節制呢。真是沒用。」

「呵呵，是啊。不管是我還是真樹，對待彼此都是全力讓對方依賴的作風。」

我對海好一分，海就會以兩分還我，然後我用三分回報——這樣下去一輩子都沒有還清的一天吧。

然而，我們也許就是適合這樣。

因為我們早已不再只是普通的「朋友」。

「……海，我還可以繼續撒嬌嗎？還有時間嗎？」

「呵呵。真樹真是的，真拿你沒辦法……也好，你都好好說出感想了，我就再聽你一個要求當成回禮。什麼事啊？」

「……我想說的是，ＫＩＳＳ。」

因為兩人獨處的甜蜜氣氛推了一把，我下定決心說出口。

這次輪到海臉紅了。

「我說啊，上個月我回答告白的那個早上，妳還記得嗎？妳親我臉頰的時候。」

「嗯。那次……坦白說難為情到我也忘不了。」

嘴唇就等我們正式交往再說……當時海是這麼說的。

依照原本的計畫，這件事我打算等到聖誕夜那天再說。這次由我好好告白，與海成為真正的「男女朋友」。

然而事情演變成現在這個樣子，我認為現在就是好時機。

我想對為我做到這個地步的海表達感謝。

想和她變得更加更加要好。

為此，我得再踏出一步才行。

「海……不好意思，一早起來這麼突然。可是，我現在想親。」

「……我想也是。感覺你很想親的樣子。昨天明明還像小動物，現在眼神卻很飢渴。」

「會、會嗎？如果是的話，我很抱歉。」

「不會。我才要說對不起，以前的我總是這麼曖昧不清……經過昨天和今天，我也下定決心了。我隨時都可以。」

「……謝謝妳，海。」

「嘿嘿……那麼在那之前，我們先起來吧。」

「是啊。」

緊貼的兩人先是拉開距離，在床上面對面跪坐。

「海。」

「嗯……」

海回應我的呼喚，靜靜閉上眼睛，朝著我稍微噘起嘴唇。

接下來只等我靠過去，疊合彼此的嘴唇。

「那、那麼我要過去了。」

「嗯、嗯……」

我把手放在海的肩上，將自己的臉緩緩靠近海通紅的臉。

起床時原本已經穩定下來的心跳，如今卻在耳朵深處激烈鼓譟。

為了不碰到奇怪的地方，我的視線緊盯海小小的嘴唇。

「海，我對妳——」

「嗯——」

我與海用嘴唇感受彼此的呼吸，就這麼——

「——海，真樹同學？你們兩個一大早在做什麼啊？」

「「唔……！」」

就在嘴唇即將接觸之際，空伯母的聲音傳進我們的耳裡。

我維持原本的動作轉動僵硬的脖子，看往朝凪家的一家之主，只見身披圍裙的空伯母面帶笑容站在那裡。

「空、空伯母……」

「媽、媽媽……！等等，要……敲門……」

「咦？妳問我敲門了嗎？當然敲嘍？早餐都做好了，而且時間也差不多了，我就想得叫你們起床才行。敲了好多次。」

看來無論是海還是我，都把太多注意力放在眼前的事態，完全沒聽見敲門聲。

所以覺得不對勁的空伯母朝房間裡一看，發現自己的女兒與朋友（男性），一大早就準備要搞事。

「……海，真樹同學？」

「「……是、是。」」

「吃過早餐之後，我們來談談吧？」

「「……是。」」

看來我們的吻還得再等上一陣子。

我與海來到客廳，在訓話之前先吃早餐。

以昨天因為那陣混亂而沒吃完的食材煮的味噌湯為主，再加上白飯、高湯煎蛋卷。朝凪家的高湯煎蛋卷似乎是受到大地伯父的喜好影響，味道比我家的更重，滋味很濃郁，是專門用來配飯的。

「真樹同學，看你昨天沒吃什麼，既然今天有精神了，可以多吃一點喔？還有，海也是一樣。」

「是、是的。那我開動了。」

「嗯、嗯。」

我與海都按照空伯母的吩咐大吃一頓，連作為餐後甜點的水果拼盤也全部吃下去了。當然都很好吃。

飯後，我們被空伯母溫和地訓斥一頓。

雖然被罵的人主要是海，看來她昨天和我一起睡時，是空伯母以「只能一起睡，不做其他事」的條件說服大地伯父，然後也跟我媽媽聯絡，得到她的許可。

原本應該是這樣，結果早上想來叫醒我們時卻發現——就是這麼回事。

「海，既然如此早點跟我說就好了。」

「哎呀~心想如果只是『啾』一下，應該不會被拆穿……而且，那個，我也想……和真樹……對吧？」

「這、這樣啊？」

「嗯、嗯。」

「你們兩個∼？」

「「非常抱歉。」」

被帶到客廳隔壁的和室跪坐挨罵的我們以同樣的姿勢，朝著面前的空伯母低頭道歉。

她的表情還是一如往常笑瞇瞇，不過似乎還在生氣，緊盯著我們不放。

感覺好可怕。

「好，這樣很好……啊，我不是說不可以接吻喔。只是要搞清楚時機和場合。」

「就是啊。不然那個……說不定會愈演愈烈。」

有可能不只是接吻，而是趁勢就這麼發生關係。

「呵呵，是啊。不然就會像我們那個時候一樣，搞得很麻煩——」

「嗯？『我們』？……媽媽，此話怎麼說？」

海的視線看向眼前的空伯母，以及在客廳悠哉休息的大地伯父。

「該不會媽媽也有過這種時代……？」

「……嗯，算吧。」

空伯母的臉頰微微泛紅。

她的視線當然是看向大地伯父。

「呃……沒錯沒錯，當時正好是高中三年級吧，爸爸到我老家玩的時候，因為雙親正好不在家，所以——」

「——孩子的媽，我怎麼感覺流彈飛過來我這裡了？」

「哎呀會嗎？你多心了吧？」

先不管空伯母的含糊其辭，看來朝凪家夫妻也曾經在類似的情形當中發生過意外。

這麼一說我才想到，兩人的年齡都是四十多歲，陸哥的年齡則是二十五歲……這讓人覺得似乎隱約可以知道發生什麼事。

「總而言之，我想說的就是這些。對真樹同學是『要慎選地方』。對海則是『要好好遵守約定』，還有『不要讓自己隨波逐流』、『不要太淘氣』、『上了高三要好好專心準備考試』、『差不多該學烹飪了』，還有『在我還有體力的時候——』」

「不不不，只有對我的要求也太多了。而且第三項以後也不急著現在說。」

然而這也證明空伯母就是這麼關心我們。

考慮到往後的事，我和空伯母也必須一步步打好關係才行，所以我替海銘記在心。

空伯母的話就說到這裡。正當我因為可以喘一口氣而放心時。

「——真樹同學，我們兩個人談談吧？」

「噫——」

我把剛要放鬆的一口氣硬是吞了回去。

「不用那麼害怕。只是閒聊幾句。」

「該、該不會其實是名叫『閒聊』的拳頭……」

「不會的。如果你想要，也不是不能給你。」

「麻煩普通的就好。」

我被大地伯父帶往朝凪家的庭院。海表示想起還有別的話要說，繼續跟空伯母討論。我們兩人在微微吹起的冷風當中坐在屋簷下，大地伯父開口：

「昨天晚上，我聽內人和小女提起一些事。」

「……昨天，這個，真的非常對不起。是我亂了方寸。」

「沒關係的。即使是我們這樣的大人，面對這些事時精神都會受不了。雖然是高中生，卻還是小孩子，而且還是像你這樣纖細又體貼的孩子，要一個人忍受這些應該很辛苦……真樹同學，你很努力。」

「唔……是。」

大地伯父把粗獷的大手放到我的頭上。他的體貼深深滲入我的胸口，讓我差點哭出來，不過還是咬緊嘴唇忍了下來，避免在這個時候露出太沒出息的模樣。

大地伯父繼續說道：

「我也沒有立場說得太自以為是。但是話說回來，我認為你太努力了。關於離婚這件事，你平等為雙親考慮這點沒什麼不對，但是因此完全壓抑自己的心情就不好了。如果過度忍耐，終有一天內心會爆炸的。現在的你應該能夠體會。」

「……是。」

我昨天的眼淚就是個好例子。多虧有海陪伴在身邊，才得以避免最壞的情形，但是如果沒有海，說不定現在的我已經變得有如行屍走肉。

「這個……可是假如我說出任性的話，爸媽也不會因此就和好，對吧？與其事到如今才來哭喊一些無濟於事的話，讓爸媽感到為難……」

「的確。你說得沒錯，什麼都不會改變。能靠小孩子一句話就和好的，只有一些無傷大雅的夫妻爭吵。就是因為早就過了這個階段才會離婚。」

「既然如此，果然還是沒有任何意義。」

「不，這是有意義的。」

「咦？」

「一邊哭喊一邊說出任性的話語，至少你的心情能夠暢快。」

「啊——」

大地伯父的話莫名深入我的內心。

要透過自己的行動改變別人很困難，但是透過自己採取行動，就能確實改變自己。

大地伯父想說的，想必就是這個道理吧。

「時常有人說：『要考慮別人的心情。』這個想法也不壞，但是凡事過頭了就是不好。到頭來能夠拯救自己的只有自己，所以你可以做些忠於自己心意的行動。」

「……不過依照這樣的想法，在大地伯父的職場之類的地方，應該會很辛苦吧？」

「嗯，是這樣沒錯。如果是民間企業也就罷了，我的職場絕對不允許任性。所以只能說是得視場合而定。」

「的確……當大人好麻煩啊。」

「嗯，是啊。所謂的社會就是麻煩的世界。不過這樣的麻煩與蠻橫等到高中或大學畢業之後再來體驗就夠了。」

所以現在的我可以更加任性。

大地伯父的話語，為我那脆弱的心靈帶來勇氣。

「我的話就說到這裡吧。雖然搞得好像是在插嘴別人的家務事，很像是訓話，不過我希望往後也能和真樹同學建立良好關係。因為這麼一來，我在各方面也會變得輕鬆一點。坦白說，到了這個年紀還要陪內人和小女玩，實在有些辛苦。」

「……這點我能體會。」

多半只有我和大地伯父兩人才懂。

海與空伯母就是這麼活力充沛。

「小女相當任性又淘氣，不過……真樹同學，還請你今後也跟海好好相處。」

「是的。我才要請您往後也多多指教。」

我和大地伯父用力握手。

從昨晚到今天有突然的眼淚，有在海的房間過夜，之後還有接吻未遂與訓話，讓這次再度拜訪朝凪家的行程變得過於充實，但也多虧了接觸到朝凪家一家人的體貼，我才得以找回活力。

我對大地伯父、空伯母，還有海一次又一次地感謝（陸哥還在睡，所以請他們轉達），然後以清爽的心情回到家裡。

「我回來了。」

先前媽媽有傳訊息，表示『我去買點東西。』所以早就知道家裡沒人，不過還是有種有話想說的心情。

或許是因為請假沒去上班，媽媽抽的香菸明顯變多。

她似乎多少有顧慮到我，但是比起菸味，我更在意丟在垃圾桶裡的黃色空盒數量。

「媽媽剛才在看相簿嗎……？」

菸灰缸旁邊是我們之前看的相簿，翻開某一頁放在桌上。

照片上面是我們一家三口。

「……好懷念啊，這個。」

應該是我快上國小的那年聖誕節吧。

以小小的聖誕樹為背景，我被爸媽兩個人扛在肩上，雙手珍惜地抱著聖誕禮物的盒子，滿面笑容比出V字手勢。

我也有過這樣的時代。

至於我的心大概一直停留在這個時候，對於這樣的幸福會一直持續下去這件事深信不疑的少年，就這麼留在原地，一步也沒能前進。

然後爸爸與媽媽多半也是。

就像這本在這張照片之後一片空白的舊相簿。

「這張照片果然很棒……」

我撫摸著或許是因為保存狀態不好而褪色的舊日風景，喃喃自語。

「好想回去啊……」

不知不覺間，淚水再次從眼眶滴落。

……如果可以，真想再次回到這麼幸福的時光。

從學校回來有媽媽在做飯，聊著今天的菜色或學校發生的事，聊著聊著爸爸就回來了，三個人一起圍繞餐桌的生活。

然而，無論多麼努力伸手，這樣的生活都絕對不會再回來。

爸爸和媽媽離婚即將滿一年。雖然只是短短一年，但也可以說是足以讓彼此的心意漸行漸遠的時間。

爸爸已經有了新的對象，我和媽媽逐漸習慣現在的生活。

所以事到如今再說些什麼，都已經太遲。

時鐘的指針可以往回撥，但是一起度過的時間不會回來。

所以不要再像個小孩一樣任性，過去的事就讓它過去……

這樣的想法我也能夠理解。

然而這個瞬間，大地伯父給我的建議在耳邊甦醒。

──所以你可以做些忠於自己心意的行動。

「嗯，沒錯。我可以再任性一點。」

事到如今說什麼任性的話也回不到從前。這點我很明白。

然而如果這麼做可以整理自己的心情。

為了讓自己停在幼年時期的心踏出新的一步。

「……嗯，我決定了。」

我用袖子用力擦去沾濕臉頰的淚水，闔上相簿。

馬上就是聖誕夜。

把雙親離婚滿一年的這一天當成段落，我要和重視我的人們一起踏出新的一步。

我立刻拿起手機，發訊息給朋友。

『——我有個請求。』

4. 最後的任性

十二月二十四日，聖誕夜。

第二學期的結業典禮順利結束，終於就要迎來寒假。

寒假期間是年底年初的兩週再多一點，比起暑假雖然較短，但有琳瑯滿目的活動。可以在家悠哉度過，或是到處旅行，也可以和要好的朋友參加倒數活動等等，因此放學時刻換鞋子的門口，籠罩在歡欣的氣氛當中。

當然了，我一直都是在家懶洋洋地迎接過年。最近雖然不討厭上學，但在家裡的暖桌像隻貓一樣縮起身體待上一整天，這個魅力還是令我無法抗拒。

本來我想立刻回家，鑽進溫暖的暖桌……但是我在校內還有工作沒有做完。

所以我、海、天海同學、望，四個人都待在學生會室。

為了準備今天舉辦的聖誕派對。

「——那麼，今天終於是我們學生會策劃的派對當天。要和外校合作，在會場因應各種狀況，以及完成剩下的布置準備工作等等，還剩下很多事得在開場之前完成，還請大家再努力一下。」

我們高中的工作人員包含幾名原本的學生會成員，以及各委員會派來的助手在內，共有二十人以上，比我想像中還要多。

還有男生所占的比例也是。

這當然是因為本次參加學校當中的那所女校。

「……我倒是不覺得貴族學校的可愛女生比例就會比較高……對吧，夕？」

「嗯～雖然家境富裕的學生也許比較多，可是我們也不知道高中部的情形……不知道高中部的學生會有哪些人呢？關於這點我也很期待！」

兩名寶貴的前在校生不經意的對話，讓在場幾名男生停下動作。雖說他們多半別有居心，但是如果沒有這樣的活動，就沒有機會認識外校，尤其是女校的學生，所以我不認為將一線希望寄託在這場活動上是什麼壞事。

而且也是多虧如此，才得以召集到這麼多人擔任幕後工作。

能夠接近女生的機率不是零……雖然無限趨近於零就是了。

「包括標上桌號的會場平面圖，或是詳細的時間流程表，都請看剛才發給各位的資料。還有，如果在會場遇到麻煩事，請一定要就近找我或是別校學生會長等負責人確認。」

我們四個人算是會長的助手，從會場受理報到到派對中的主持等一連串的過程，我們全部都會參與。

派對時間是下午六點到八點，大約兩小時。多半會很忙吧。

我們確認要在開場前一個小時集合，然後先回家一趟。

我會直接穿著制服參加，所以和海或天海同學不一樣，不需要特別為了參加派對而準備什麼。

……當然了，我有別的事要做。

「會長，可以打擾一下嗎？我有個小小的請求……或者說有點事。」

我看準其他人都離開學生會室，只剩會長和我們的時機向她搭話。

「前原同學，怎麼了？」

「這個……其實我希望在工作時間裡，能讓我離開會場一下子。」

學生會長瞬間挑動眉毛。

當天，而且到了這個時間才提出請求，我很清楚這麼做會給她添麻煩。

「唔……該不會是有什麼急事吧？」

「差不多。大概十五分……不，如果這樣還是太長，我想只要有十分鐘就夠了。」

「順便問一下，這個時間可以調整嗎？」

「……對不起，必須要是今天派對的時間才行。」

雖然也得看對方是否方便，但是我這邊的情況也很重要。

必須是在十二月二十四日——對我來說有著各種緣分的這一天才行。

「……我明白了。那就把這段時間當成你的休息時間，到時候跟我說一聲。」

「謝謝會長。」

「順便問一下，休息時間是四個人嗎？」

「不，只有我和朝凪兩個。」

我和天海同學與望已經有過事先商量，但是想到太多人同時離開會給會長添麻煩，所以只讓海陪著我。

對於直到最後都奉陪我的任性要求的海，真的只有滿心的感謝。

「是嗎？那麼望，今天一整天都要陪我工作。你沒有休息時間。」

「呃……這是為了真樹，所以我會做啦，可是聖誕夜卻是跟姊姊一起……」

「哎呀？你可是和這麼漂亮又可愛的姊姊在一起，應該要高興啊。」

「啥啊？我們家有這種人嗎……總覺得好像是個成天叫我念書寫作業的魔鬼老太婆——喔咕！」

「望，你和姊姊在這裡多留一會兒……對不起了，三位。我們有些『家務事』要處理，可以請你們先回去嗎？」

「真、真樹……救、救命……」

我們三人對著被學生會長來上一記鎖頭的望雙手合十，匆匆離開學生會室。

途中似乎聽見遠方傳來哀號……只能祈禱望可以活著和我們再會吧。

「欸，海接下來要怎麼辦？」

「嗯～大概先回家吃個午餐，然後去夕家吧。今天我不打算盛裝出席……不過好歹還是要打扮一下。」

「咦？好歹？我總覺得海自從知道真樹同學也要參加派對後，就十分慌——嘎！」

海的鐵爪功立刻招呼在天海同學頭上。

「妳在說什麼啊，這個『這次考試有一科不及格還靠老師大發慈悲放妳一馬才只要交報告不用補修』的大小姐。」

「嗚～明明讓海幫我惡補了，真是對不起～！」

期末考差不多就是這樣，以我為中心指導的文科都有取得平均分數，所以並未演變成平均得分不及格的淒慘結果。

所以只要在學年末多多努力就好。

如果只是這樣，隨時都能挽回。

「……海，這個，我想跟妳說一下，今天我也很期待妳的打扮。」

「哼～？好、好吧，既然真樹這麼說，我也不是不能隆重一點……啦。」

雖然因為我的任性，追加了要做的事，但是我並未忘記「告白」這個本來的目的。

然後以暢快的心情和海，以及重要的朋友們一起迎接新年。

「……那麼我和夕先回家了……真樹，你一個人真的不要緊嗎？」

「嗯。海只要在重頭戲時陪在我身邊就好。」

走出門口之前，我和海牽起彼此的手。

坦白說，接下來我要做的事不是什麼值得誇獎的事。白費工夫這點我當然知道，也知道對旁人而言只會是困擾。

即使如此，我還是認為為了和以往一直壓抑的本意和解，這麼做是絕對必要的。

「……真樹同學。你的客人好像已經來了。」

「嗯，知道了。天海同學，海……之後會場見。」

我先讓她們回去，然後晚一步走向有人在等我的校門口。

我還是第一次像這樣跟她單獨說話，但是這個人必須優先處理。

「對不起，找妳來這種地方……湊小姐。」

「……不會。正好我也有話想和真樹同學說。」

於是這輩子最長的聖誕夜就這麼開始了。

真沒想到前幾天湊巧遇見時拿到湊小姐的名片，會在這種場面派上用場。

湊小姐似乎也沒料到會接到我的電話，早上我在結業典禮開始前打電話過去時，她顯得非常驚訝。

「呃……這裡很冷，要不要先換個地方？」

「不會，不用客氣。畢竟我得立刻回公司才行，而且在這裡反而比較不會引人注目……

我們邊走邊說吧。」

湊小姐說完話就轉身邁出腳步，我也跟了上去。

「湊小姐，妳現在有戴眼鏡呢。」

「……因為現在的我是以湊京香『個人』的身分來談事情。雖然這是平光眼鏡。」

離我們高中最近的車站，走路大約十到十五分鐘。由於沒有太多時間，於是我不再閒聊，決定切入正題。

畢竟我也好奇湊小姐要跟我說什麼。

「順便問一下，爸爸的狀況怎麼樣？」

「說是有不得不處理的事，不免有點慌張……話說回來，聽到兒子說：『有關今後有要事商量。』任誰都會這樣吧。」

我在打電話給湊小姐之前，也打了一通電話給爸爸。

當然了，一開始他以工作忙碌為由拒絕了我。

「高中畢業後，爸爸那邊對於我進入大學之後的生活比較方便，所以我想能否借用爸爸的家當成生活據點，但因為與媽媽之間的事，讓我很猶豫。」

聽我這麼一說，爸爸就說一定會空出時間給我。

從爸爸在家庭餐廳時的狀況以及到目前為止聽到的說法與情報來推測，認為爸爸很有可能還想著要和我一起生活，所以試著提起這件事。

雖然感到過意不去，不過這當然是我為了叫出爸爸所使用的手段。

見面地點就選在今天舉辦聖誕派對的會場。

當然了，我也拜託媽媽在同一個時間到場。

至於爸媽都不知道對方會過來同一個地方。

知道的只有我這個當事人，以及和我一起想出這個計畫的海，還有天海同學與望這幾個朋友。

「第一次見面時，我還以為你是個乖巧又有點怯懦的孩子……萬萬沒想到你竟然會做出這種事情。」

「平時差不多是那樣。可是唯獨這次，我想用自己的任性把大人耍得團團轉。」

要把爸爸叫到會場，可能面臨的阻礙就是多半會因為工作而和爸爸一起行動到他動身前為止的湊小姐。

「可是我們只見過一面，真虧湊小姐會答應呢。對於湊小姐來說，我明明就和陌生人差不了多少。」

「……喜歡的人狀況不對勁，當然會擔心。而且也會希望能盡到自己的力量。」

「……妳真的很喜歡爸爸呢。」

「是啊……新人時代的我比起同期更不成材，他卻不放棄這樣的我，很有耐心地栽培我，是我的恩人。我認為他身為人、身為異性都非常迷人。」

果然如同我與海的感受，這個人對爸爸的心意是認真的。

湊小姐一定會跟蹤爸爸——正因為我與海想到這一點，才打算事先跟湊小姐談妥，避免屆時受到無謂的妨礙。

然後聽到湊小姐答應我時，我也隱約能夠推測她想說的話。

「我就直接拜託你了……真樹同學，等到高中畢業以後也沒關係，可以請你回到樹先生身邊嗎？」

如此說道的湊小姐朝著我深深鞠躬。

「……請問這是為什麼？」

「因為他需要真樹同學……他需要的人不是我，而是你這個兒子。」

果然，湊小姐似乎也有點察覺爸爸的心意。

爸爸在家庭餐廳裡顯得不乾不脆讓我感到懷疑，但是爸爸多半不是那麼喜歡湊小姐……不，也許抱有好意，即使如此，我感覺他還在猶豫要不要讓她成為自己的新伴侶。

我都有這種感覺了，那麼現在最能就近看著「前原樹」的湊小姐應該有更深的感受。

「……樹先生說起真樹同學時真的很開心。說你雖然有點怕生但是頭腦很好，個性很體貼，是他自豪的兒子……還用跟我在一起時絕對不會有的燦爛表情笑了。」

「……既然這樣，妳不會反而覺得我很礙事嗎？如果我就這樣一直賴在爸爸心中，不管過了多久，爸爸都不會轉頭看妳。」

而且如果我真的和爸爸一起生活，那麼湊小姐也有可能退回對爸爸而言「只是部下」的身分。

「……其實我是明白的。清楚像我這樣的小姑娘，不管多麼努力都絲毫無法填補樹先生的寂寞。」

「湊小姐這樣沒關係嗎？湊小姐……不是喜歡我爸爸，喜歡前原樹嗎？」

「當然。正因為喜歡他，才會這樣拜託你。」

在不知不覺飄起細雪的寒冷天空，湊小姐再次深深鞠躬說道：

「拜託你了，真樹同學。請你回樹先生的家。」

她說得毫無窒礙，一清二楚。

「……湊小姐，妳知道自己現在說的話多麼任性嗎？任性到根本不是我要做的事情能夠比擬的。」

這種事成熟的大人根本不該說出口。

「我明白。我是說謊溜出職場，也沒有取得上司樹先生許可，而且多半對真咲小姐……對你媽媽也會造成困擾。

我願意接受處罰，如果覺得我礙眼，今後再也不會出現在你面前。」

「也不出現在爸爸面前嗎？」

「是的。我會辭去現在的工作……如果這樣多少能幫助樹先生。」

湊小姐直直盯著我，眼神當中沒有絲毫動搖。

姑且不論她說的話對或錯，這個人就是這麼認真想把我送回爸爸身邊。

湊小姐絕對不傻。既然不太開玩笑的爸爸說她很「優秀」，換做是在平常，想必能作出像樣的判斷吧。

然而湊小姐已經失去判斷的理智，她就是這麼喜歡……不，就是這麼深愛爸爸。

遇上「喜歡」這種感情，就連大人都會變成這樣。

……果然太麻煩了。

「……總之湊小姐的心意我確實明白了。雖然只是明白。」

「果然是強人所難吧。」

「那還用說。我可不是那種會被這種哭訴說動的老實小孩。」

然而我也不是全然不理解她的心情。

因為我也一樣，如果換成是海在另一種狀況受苦，那麼哪怕多麼無謀，我多半也會採取行動。

「……湊小姐，之後可以騰出時間嗎？不對，不是能不能，是請妳務必騰出時間。不然我不原諒妳。」

「咦？好的，我會想辦法……真樹同學，你到底要做什麼？」

「沒什麼……就是稍微多管閒事。」

我本來打算談判得更加順利，但是既然事已至此那也沒有辦法。反正這是最後一次了。把我能做的事全都做一做吧。

不過眼前先從被海罵這點做起吧。

我和湊小姐談完之後，前往舉辦派對的市民活動中心。

從中午開始下的雪，在我待在家裡消磨時間時也在斷斷續續地下，會場周遭已經了蓋上一層淡淡的白色雪妝。

根據照天氣預報，到了晚上隨著氣溫更進一步下降，雪也會變大。

「一說到白色聖誕節，以前的我都覺得只是單純下雪，天氣又冷路又會變滑，只是在找麻煩而已……」

因為今天一整天都有雪雲覆蓋天空，儘管還是傍晚，街上已經很暗，燦爛的燈光比平常更早照亮街道。

路燈的橙色燈光，以及建築物燈飾五顏六色的光芒。從天而降的大片雪花反射這兩種光的模樣，不折不扣成了象徵聖誕節的景象。

我以前只顧著腳下，但是像現在這樣發呆仰望天空也不壞……才剛想到這裡。

「唔！哇，啊喲喲——」

我似乎一腳踏到會滑的地方，出乎意料往前一滑。

這樣下去會摔倒……就在我情急之下，從口袋裡伸出手的瞬間。

「喔，這樣手會扭傷，反而更危險。」

有個人一邊開口，一邊接住我即將往後倒的背。

「啊，對不起。我有點在發呆。」

「畢竟這附近很多人啊。這種日子積雪也會被踩踏扎實變成冰塊，所以得小心一點。對吧，前原同學？」

「唔！原來是會長嗎……不、不好意思。」

從身後抱住我的，是和我一樣正要前往會場的學生會長。

被不認識的人搭救固然也很難為情，但是讓認識的人伸出援手又更難為情了。

而且還是望的姊姊，所以多少必須客氣一點，這點也很不妙。

明明很冷，我卻感覺臉頰在發熱。

「對、對了會長，妳會不會太早來了？離工作人員的集合時間還有三十分鐘以上。」

「已經開始布置會場了，所以我得去幫忙。不過前原同學才是太早來了吧？」

「是這樣沒錯，可是……我還是第一次參加這樣的活動……所以，該說是有點心浮氣躁嗎——」

「是嗎？說是順便或許不太對，不過要不要和我一起幫忙布置啊？只要早點進入會場習慣氣氛，也許多少可以放鬆一點。」

「說得也是。機會難得，我就恭敬不如從命了。」

當然了，我緊張的原因並非只有派對本身。

畢竟幕後工作這方面只要依照會長的吩咐就沒有問題，而且海他們也會幫忙，所以我並不擔心。

依照計畫，我和大家會在現場集合，拜見為了聖誕節盛裝打扮的海與天海同學這個樂趣還得再等一會兒才能實現。

我早一步進入會場，和會長一起準備受理報到的事宜。

根據會長的說法，參加人數大約在兩百到三百人之間。

為了盡可能避免報到時的混亂，參加學校各自處理報到事宜。

「啊，對了。前原同學，這個還沒有交給你吧？來。」

「這是工作人員的臂章吧。還有這個……」

聊勝於無的聖誕裝扮。

「因為如果只有臂章，人這麼多便不夠顯眼。這三份也先交給你，等朝凪同學、天海同學，還有我弟弟來了就讓他們戴上。」

「好的。」

雖然聖誕帽散發淡淡的廉價感，但是這麼一來立刻就能找到會長吧。會長的身高比其他女學生高一個頭，而且外表也很醒目，很好辨認。

「對了，前原同學，可以跟你說一件事嗎？」

「嗯？請說。」

「如果可以儘量不要叫我『會長』，我會很開心。我當然是現任學生會長，所以這麼叫沒有錯，但是到了明年就會卸任了。」

一旦稱呼固定為「會長」，即使以後不再擔任會長也會讓人很難改變稱呼。站在當事人的立場，果然還是會覺得五味雜陳嗎？

「呃……那麼，智緒學姊……之類的？」

「對，就是這樣……呵呵，不過竟然直呼名字，前原同學意外大膽呢。」

「咦？啊、啊啊，我覺得稱呼姓的話有點不明確……畢竟還有望。」

「啊，說得也是。我完全忘了他。」

「學姊對弟弟的待遇會不會太過分了？」

起初我對智緒學姊的印象是既正經又嚴肅，但是在對話之後發現她意外好聊，而且也有挺俏皮的一面。

該嚴格的時候嚴格，可是有時候又很放鬆，很體貼。

說來對望有點過意不去，不過她多半就是因為有這樣的一面，才能帶領學生會吧。

「那麼以後我也用名字稱呼你吧……真樹同學，總之今天一起好好努力吧。」

「好……好的，請學姊多多指教。」

我和「智緒學姊」而非會長握個手，受理報到的事宜也準備妥當，會場附近的人潮也逐漸變多。

「真樹，我們來了。」

「喂～真樹同學～！」

首先出現的是望，以及天海同學。

望雖然有報名參加，卻在智緒學姊的判斷下被指派擔任工作人員，所以和我一樣穿著學校制服。

天海同學則穿著多半是為了派對準備的禮服。是偏淡的藍色系，包括髮色在內，我覺得都和天海同學很搭。

雖然天海同學穿什麼大概都沒有問題。

——我說啊，那個女生也太漂亮了吧？

——好漂亮的金髮。是外國人嗎？

當然了，在第一次見到天海同學的外校學生間也掀起一陣騷動。

這些聲音應該有傳進天海同學耳裡，但是和會長談笑的天海同學看起來好像沒有發現。想來多半是已經習慣，不過真希望她能把這種精神力也分我一點。

「天海同學，海呢？」

「啊，嗯。她是和我一起來的，不過還待在洗手間的鏡子前面……啊，說人人到。喂～

海～這邊這邊！」

晚了一步才現身的海小跑步靠了過來。

「夕，妳又想對真樹說些多餘的話吧？」

「沒有啊～對吧，真樹同學？」

「啊啊，嗯。我什麼都沒聽到……吧。」

雖然隱約可以想像，但是眼前還是當作沒聽見吧。

我先把臂章和帽子拿給他們，然後一起到受理報到的桌子就位。我們四個人負責我們高中的報到，智緒學姊則是去幫忙人數較少的其他學校。

「……我說啊，海。」

「什、什麼事？」

「那個……這套禮服，妳穿起來很好看。」

我偷偷在桌子底下握住海的手，把感想告訴她。

她身穿黑色蕾絲的禮服，該說是露肩款嗎（最近剛學到的），露出從脖子到肩膀的白嫩肌膚。

海雖然說沒有約會那麼用心打扮，即使如此對我來說也已經太過足夠。

「你的語彙還是一樣接近於零，這點要扣分。不過我就當作率真的感想收下吧。」

「嗯……我真的覺得很棒。」

「唔……知、知道了啦，禁止你再說。」

「了、了解。」

我與海發現身旁的天海同學面帶竊笑投來看好戲的視線，立刻放手返回該做的工作。

我認為天海同學的裝扮也很好看，但是會讓我怦然心動的，還是只有在我身邊臉頰微微泛紅的海。

……我也未免太喜歡海了吧？

開始報到之後，參加者陸續聚集到會場。

看看大廳裡的面孔，幾乎所有人都很習慣這個場合，每個人都是盛裝打扮。

儘管其中也有像我這樣的人，但是那些人差不多都是穿制服。

「一開始請大家先聚集在自己學校的桌子旁～！等到各校代表致詞之後，就可以自由移動了～！」

各校學生遵從會長的引導，聚集在事先決定的位置。會場沒有椅子，是採取站著用餐的形式，所以會讓大家各自取用餐點。

我們繼續接受報到，不過有本來應該只是來參加派對的海與天海同學幫忙，所以沒有發生忙不過來之類的無謂問題。

「……喂，那個。」

我們正在為看似高年級生的來賓說明時，有個人輕輕戳了我的背。

「好的，有什麼事……原來是新田同學。」

「……你好。」

原來是新田同學向我搭話。

看來她是一個人進入會場，總感覺有點垂頭喪氣。

「咦，新奈仔？怎麼了嗎？妳不是說過要和男朋友一起來嗎？」

「啊～嗯。本來應該是這樣～……不過就在不久前，該怎麼說，發生了很多事。」

我也不知道家庭餐廳那件事之後發生了什麼事，但是從她這個樣子來看，多半是就此分手了。

對方將她和另一個女生放到天秤上，所以如果沒被選中就會變成這樣。雖然也有可能是新田同學主動放棄對方。

天海同學似乎也從她的態度猜到幾分。海則是因為聽我說過所以知道一些，姑且還是作出感到遺憾的反應。

「就是這樣，今天我也來幫忙你們。而且跟大家在一起，我也比較不會想東想西。」

「嗯，就這麼辦！人多工作起來會比較輕鬆，而且有新奈仔在，我也比較開心。大家覺得呢？」

「我沒問題。」

「我也完全沒問題，不過……真樹，還是先問問姊姊吧。」

「嗯，也對。」

智緒學姊認為人數增加不會有問題，立刻同意了。

於是我們五個人暫時一起行動。

多了一個人，更加順利完成報到工作之後，我們又去幫忙其他還很忙碌的高中。

「不過啊，人數比我的預料還多呢。果然有貴族學校參加就是不一樣。」

望看著會場裡的一個點喃喃開口。

由於派對尚未開始，本來希望大家能待在自己學校的桌子旁，但是與其他高中相比顯得更小一點的桌子旁邊，已經聚集了我們學校和外校的學生。

那群人正中央是大約二、三十名身穿白色制服外套的橘女子高中學生。

「啊～好懷念那套制服。我們以前也曾穿著上學呢～」

「嗯。還在校時不以為意，不過那個真的很顯眼呢。」

根據海的說法，橘女子的參加人數比起其他學校顯得很少，這是因為如果只算高中部，一到三年級合計也只有兩百名左右的學生。

其中幾乎都是從國小部開始就讀的直升生，雖然也有開放外校學生入學，但是如果不是學業成績特別優秀，或是體育、藝術方面的成績極度優秀，似乎很難入學。

聽到這些話，我有一個疑問。

「海，這個……我是覺得問這種問題不太好。」

「你是指夕嗎？啊啊，關於這一點其實很單純，因為夕的媽媽以前是演藝人員。雖然現在就像個普通的家庭主婦。」

「這樣啊。」

這讓我覺得有點說得通了。因為有很多這種人的小孩就讀也是那個學校的特徵。

天海同學說過自己家是「普通的一般家庭」，不過看樣子媽媽果然有不簡單的經歷。

正在想事情的我傻傻看著那一桌的女生們，結果就在許多靠過去的外校男生當中，和兩名女生對上視線。於是她們擠出人群，朝我們走來。

當然了，她們並不是在看我，而是我身邊的兩名女生。

「……小海，小夕，好久不見。」

「上次是校慶那時吧。」

「紗那、茉奈……」

正如同天海同學所說，這兩個人是海與天海同學從國小就認識的朋友，二取同學與北條同學。

「……妳們該不會是有話要跟海說吧？」

「「…………」」

兩人默默點頭。

由於之前校慶時發生過那件事，她們多半是來鄭重道歉，以及想要和好吧。兩人都很在意忍不住躲到我身後的海。

「……海，妳要怎麼做？」

「……」

即使天海同學發問，海依然低頭不語。

考慮到海的心情，我認為她如果抗拒的話可以直接拒絕。相信她們也是對這此抱持覺悟才會過來的。

海還在遲疑，不知道該如何應對兩人。雖說一度對她說謊，然而還是朋友時的那些開心記憶並不會就此消失。

要接受道歉然後和好，還是完全斷絕往來呢？

海其實是個非常體貼的女生，她為了哪個選擇煩惱自然不言而喻。

「……海，可以過來一下嗎？」

「咦？啊，嗯。可是……」

「好了好了，跟我一起來……天海同學，我借一下海，妳先跟她們聊聊。」

看見天海同學點頭，我牽著海的手走向舞台旁邊。這個空間主要是由幕後工作人員使用，不過現在距離派對開始還有一些時間，目前空無一人。

我確定沒有任何人在聽，於是向海問道：

「海，妳莫非是想跟她們和好吧？」

「……嗯。其實我有點煩惱。」

大概是只有我們讓海變得坦率，她點了點頭。

「……自從國中部的畢業典禮以來，其實我一直在猶豫。當時是累積已久的情緒爆發，我一氣之下做出了和她們絕交這種事。

可是，像這樣和真樹拉近關係，和夕也從頭來過……心情平靜下來之後，原本被憤怒壓抑的回憶不由得滿溢而出。」

果然海也有著眷戀。儘管因為謊言導致關係一度生變，但是看到二取同學和北條同學過來道歉，海應該也能充分了解她們並不是壞人。

搞不好會有人認為海的猶豫是「人太好」。

然而正是因為人太好，海才會是「朝凪海」這個女生。

我認為這樣更像是海的風格。

如此心想的我，大概是比海更澈底的爛好人吧。

「對不起喔，真樹。我很任性吧。對待真樹也是，對待她們也是，一直不把話說明白，要得你們團團轉。」

「……這沒什麼。我們都是小孩子，還可以再任性一陣子。」

我想正是因為大地伯父與空伯母也這麼認為，才會允許她突然改變升學計畫。

既然海也有自覺這是任性，那就夠了。

「海，這邊。」

「嗯。」

這裡是放有飲料的桌子，以及裝著疑似賓果獎品的紙箱，我與海就躲在這些東西後面悄悄相擁。

果然和海在一起，心情就會很平靜。不管發生什麼事，只有眼前這個人會站在自己這邊——會有這樣的感覺，自然湧出勇氣。

「我希望海和她們和好。雖然我的爸爸和媽媽已經做不到，可是……想必妳們還能夠從頭來過。」

即使和好，說不定又會受到謊言欺騙。

也可能人太好而適得其反，將來再次後悔。

即使如此，還是比等到知道已經回不去了再來後悔要好得多。

「……真樹笨蛋。前不久還像個小孩子一樣趴在我的胸口撒嬌，不知不覺間卻變得這麼帥氣。」

「妳的說法……好吧，晚點大概又會讓妳看到難堪的模樣，所以想至少趁著現在耍帥比較好。」

剛才收到媽媽的訊息：『差不多要到會場了。』應該不用多久爸爸也會有聯絡。

「海，妳先回去。我得去跟會長說一聲要暫時離開。」

「真樹……你一個人不要緊嗎？」

「嗯。海跟她們和好再過來就可以了。」

「知道了。那麼晚點見。」

我與海再度好好感受彼此的體溫和氣息之後，分別走往不同的方向。

對我來說最後一次的任性即將開始。

時間是下午六點整。智緒學姊作為這個企畫的代表，在台上確定學生們差不多聚集到各桌之後便開始致詞。

從感謝來賓參加派對開始，接著是慰勞為了迎接從一月起正式開始的應考季而努力衝刺的三年級生，之後是簡單說明流程與注意事項。

為了避免致詞太久破壞參加者的興致，因此說得十分簡短。有這麼多人還有外校學生在場，真虧她可以一點都不緊張地完成任務。

「──那麼各位，乾杯！」

在智緒學姊的帶領下，會場籠罩在歡欣的氣氛裡。

在此同時，我悄悄走到智緒學姊所在的舞台。

從舞台上看往海她們的方向。城東高中的桌子位在從我的視點看過去中央偏右──多虧戴著聖誕帽，立刻就能找到海和天海同學。

二取同學、北條同學兩人與海之間，是露出燦爛笑容的天海同學，看樣子應該談得挺順利的。

那才是那四個人本來該有的樣子，所以能久違共度一段時間，想必她們都很開心。

確定海那邊很順利之後，走向致詞完畢的智緒學姊。

「學姊，辛苦了。妳的致詞非常棒。」

「是嗎？謝謝。只是話說回來，派對才剛開始，還不是感到累的時候……該不會找我有事吧？」

「是的。雖然才剛開始實在過意不去，但是我想暫時離開。」

「沒關係。我會去幫忙處理尚未到場的人報到，接下來的一小時左右沒有什麼事要忙，只要在那之前回來找我就沒問題。」

「謝謝學姊。」

有這麼多的時間，應該不會有什麼問題吧。

我也可以放心地耍任性了。

我把工作人員的臂章交給智緒學姊，比海早一步走出會場。

市民活動中心的玄關前方種著一棵大樹……那裡就是我和家人約好的地方。

「真樹，這邊。」

「媽媽。」

媽媽看見我從會場裡走出來，於是朝著我揮手。她可能剛趕過來，呼吸還有些喘。

「真樹，你溜出來真的沒關係嗎？派對明明才剛開始。」

「嗯。我有取得負責人的同意了。我才要對不起讓媽媽特地過來一趟。」

「沒事的，而且我現在沒在上班，這點空還是有……那麼找我過來這裡，說要討論重要的事是什麼？」

「嗯，我打算接下來開始談，不過媽媽再等一下……另一個人也差不多快聯絡了。」

「嗯？另一個人……？」

「啊，有聯絡了，我離開一下。」

我拿起在口袋裡震動的手機，按下通話鈕。

螢幕上顯示的名字是「湊京香」——這是今天中午我跟湊小姐正式交換的電話號碼。

『你好，真樹同學。我依照約定騰出時間了。』

「非常謝謝妳。話說我爸爸呢？」

『當然也一起……我直接帶他過去嗎？』

「麻煩妳了。」

我掛掉電話看往入口的方向，發現一如往常穿著西裝的兩人。

身旁的媽媽沿著我的視線看去，這個瞬間似乎就猜到我要說些什麼。

「謝謝你過來，爸爸。還有抱歉我說了謊。」

「真樹，還有……原來是這麼回事。」

在裝飾著聖誕燈飾的樹木旁邊，久違地聚集了前原家的三個人……不，我和媽媽一起生活，和爸爸也有定期見面，所以說得正確一點，應該是「爸爸和媽媽」久違了。

「……好久不見。」

「……是啊，好久了。」

兩人只各說了一句話便撇開視線，沉默不語。即使會定期講電話，不過這還是他們在離婚協議書上蓋章之後第一次見面，所以多少還是會尷尬。

「爸爸，媽媽，你們不說些什麼嗎？我們一家人這麼久沒見面，你們就沒有什麼話想對對方說的嗎？」

「就算你這麼說……莫非妳就是湊小姐？」

「……這是我們第一次見面吧。幸會，這位太太，我姓湊。」

「我是前原真咲。還有我已經不是前原太太了，這個人隨便妳怎麼處置。」

「……不，我沒有那種資格。」

「是嗎……惹哭女人這點還是老樣子呢。」

媽媽看到湊小姐的反應，靜靜瞪視爸爸。她臉上的表情和我在前年與去年看見的表情一模一樣。

「……妳不會懂的。」

「你看，又是這樣。你為什麼每次都是這樣？扯開話題，逃避……來啊，要是生氣的話，要是有話想說就試著反駁啊。」

「如果妳想謾罵的話，那也隨便妳……真樹，如果沒有別的話要說，我很忙的，要先回去——」

「——不，請等一下，樹先生。」

爸爸像是前幾天的面會日那樣轉身就要離開，但是湊小姐立刻伸手過去。

「……放開我，湊。還有在這裡要叫我部長。」

「不，我不放，也不叫。」

「湊！」

「您又打算這樣逃避令郎……逃避真樹同學嗎？明明寂寞得不得了。」

「……！」

聽到這句話，爸爸停下打算揮開湊小姐的動作。

「樹先生，我拜託你，請你好好傾聽真樹同學說話……就算要逃避，聽了以後再逃避應該也不遲。」

「原來如此，快到中午時妳說的『有急事』就是這件事嗎？說謊蹺班……之後妳可要作好心理準備。」

「沒有問題。因為我和樹先生不一樣，我已經作好心理準備。」

「唔！妳，這是……」

湊小姐從套裝的內側口袋取出寫有「辭呈」的信封，已經十分足以表示她的決心。

湊小姐也是個很有膽識的人。

「……只有十分鐘。」

「謝謝您……來吧，真樹同學。」

「好。」

我在心中對為我安排這個場合的湊小姐道謝，站到爸爸與媽媽之間。

「爸爸，媽媽，可以牽你們的手嗎？不對，我就是要牽。」

「咦？」

「啊、啊啊……」

我不理會不知所措的雙親，右手牽起爸爸的手，接著用左手牽起媽媽的手。

明明不是第一次感受到爸爸與媽媽手上的溫暖，然而這些回憶只存在於相簿當中，在記憶裡已經幾乎蕩然無存。

爸爸的手溫暖了我因為緊張而冰涼的手，媽媽的手則像是我愛用的暖暖包那樣有著可靠的溫度。

雙親的手，兩邊對我來說都很重要。

「……爸爸，媽媽，我想拜託你們和好。」

就是這樣，我說出已經不可能實現的任性要求。

「不要再吵架了，我們回到過去那樣嘛。我不要只跟著一個人。我們像以前那樣三個人住在一起生活嘛。」

「……真樹，你。」

「真樹……」

我加重握手的力道繼續說道：

「我會更努力的。不管是課業還是運動，雖然現在朋友還不是那麼多，可是往後我也會好好和別人來往……所以。」

因為他們兩個人更難受，更辛苦。

離婚的時候我雖然還是小孩子，卻也在思考，也在痛苦，現在的我就那些壓抑的情緒隨著淚水一起發洩出來。

「我想和你們兩個在一起。不是只有爸爸，或是只有媽媽。除非同時有爸爸和媽媽，不然我就不要……絕對不要。」

我很明白。明白事到如今才說這種任性的話也沒有任何意義。只要看著他們為難的表情就能知道，我們早已過了可以這麼解決的階段。

可是要是不好好說出口，我就會一直走不出這件事。

在開心時的回憶裡，獨自一人時間停在原處的自己。

為了讓這樣的情形變成過去，未來能夠和海，以及和這樣的我好好相處的人們一起共創新的回憶。

為了踏出這一步。

就在這時，海正好來到我身邊。

「真樹！抱歉，我晚了一點！」

「海……不會的，沒事。我正好說完。妳呢？」

「我告訴她們下次敢再騙我，我就揍人了。」

「這樣啊。」

能讓事情有個好的結果自然再好也不過。海想必可以和她們再次和睦相處吧。

如果又發生了什麼事而沮喪，我也只要好好支持她就好。

「……就是這樣，我要說的話就到這裡結束。對不起喔，爸爸，媽媽，事到如今才跟你們說這些。」

雖然只是把已經結束的事拿回來再說一次，但是多虧有說出口，我覺得心情舒暢許多。

大地伯父教導我可以這麼做，我想鄭重向他致謝。

「啊，爸爸。關於今天電話裡說的那件事，我可以現在回答你嗎？」

「不，不用了……你以後也不會回到我身邊吧？」

「嗯。」

我點點頭，放開握住雙親的手，轉而和近在身旁的女孩子十指交握。

「爸爸，我在這裡有了喜歡的女生。我一直都是一個人孤伶伶的，連交朋友的努力都不願意付出，她卻願意和彆扭的我要好，在我難受的時候也願意陪我。」

這個女生的名字是朝凪海。

是我這輩子交到的第一個朋友。

同時也是第一次教導我什麼是戀愛的女生。

「爸爸在工作方面也有很多難受的事，這點我在不久前聽湊小姐說過，所以我知道。也知道爸爸有些無論如何都無法對家人開口的難處，還是為了我和媽媽，一直獨自努力……然而就算是這樣，我還是不想和她分開。」

所以這件事到此為止。

還是有所後悔。想著如果能讓時光倒流就好，而且不是一次兩次。可是我好不容易才抓住海的手，抓住新的幸福，我不想讓這些化為烏有。

「是嗎……真樹終於也遇到這樣的好女生了嗎？」

「嗯。我覺得她真的好到我配不上。」

「……你變了，真樹。」

「嗯。只有改變一點點就是。」

如果是在三個月前，我作夢也想不到自己會說出這麼肉麻的話。好吧，這大概表示我好不容易達到普通人的程度。

爸爸看到我的反應，微微嘆了一口氣。

「……我知道了。那麼你可要好好努力，別變得像我一樣。雖然也許不會再見面了，但是我會暗中祈禱你幸福。」

「謝謝……那麼爸爸，工作加油。」

「嗯。既然已經留下書面證據，就得好好付錢才行。這就是大人辛苦的地方啊。」

就是這樣，先前表情一直很嚴肅的爸爸第一次露出笑容。

對於爸爸來說，再也見不到我應該是很難受的選擇，最後還是露出以前那種笑容。我好開心。

儘管一時間差點討厭爸爸，不過我似乎還是喜歡爸爸。

「欸，爸爸，媽媽。我最後有個請求，可以嗎？」

「什麼事？你已經像這樣把我們耍得團團轉，還有什麼主意嗎？」

「嗯。我想用這棵樹當背景，三個人一起拍照。」

活動中心裡最醒目的這棵樹上裝飾著燈飾，再加上下個不停的雪，彷彿一棵巨大的聖誕樹。作為拍照的背景再適合也不過。

在這個地方，三個人最後一起拍照，為前原家那本只記錄到一半就停住的相簿補上最後一頁。

這就是我與海一起想出來的「最後的任性」。

「真樹都這麼說了……你要怎麼辦？」

「都離婚了，事到如今才拍全家福照片也很難為情，不過……兒子幾乎不曾說過任性的要求，我們就答應他吧。」

「呵呵，也對。」

這段對話瞬間讓我覺得爸爸和媽媽變回原來的「夫妻」，然而想必是我的誤會。

我們已經回不到過去。

正因為這樣，才非得把今天變成重新出發的一天不可。

「海，可以麻煩妳拍照嗎？」

「嗯。可是我不拿手這種事，所以想拜託幫手。」

「咦？幫手？」

「對對對。喂～大家～該你們出場了～」

「咦？」

海朝著附近的樹叢喊話，就有三個人影冒了出來。

「呼～好冷啊～可是，總算輪到我出場了吧！」

「我沒跟姊姊說過就跑出來了。真樹，回去你可要陪我一起道歉。」

「……欸，我是不是很突兀啊？我真的可以待在這裡嗎？真的？」

來者是天海同學，望，以及新田同學三人。

原本以為只有海一個人，看樣子她把所有人都帶來了。

好吧，在這麼冷的天氣，讓海一個人溜出來我也會擔心，而且我也早料到事情會變成這樣，所以無所謂。

「所以呢，新奈。可以麻煩妳拍照嗎？妳很拿手吧？」

「是我喔……我確實比別人更習慣拍照啦。不過校慶那時候就不說了，莫非我是被朝凪任意使喚嗎？算了，我個人也欠了委員長和委員長的爸爸人情，所以是無所謂啦。」

於是我們把各自的手機交給新田同學，我站到雙親之間。

「爸爸，媽媽，最後要不要笑著拍張照？」

「……也對。」

「……是啊。雖然最後變成那樣，不過整體來看還是挺開心的。」

「哈哈，什麼啊……不過這樣也很有媽媽的風格。」

「好的，那麼三位，我要拍了……來～」

就是這樣，最後的記錄收在前原家三個人各自的手機裡。

無論是我、媽媽，還是爸爸，臉上都掛著彷彿回到過去的歡喜笑容。

本來以為到了這裡就算是結束。就在此時，頭上戴著聖誕帽的天海同學活力充沛地舉起手來蹦蹦跳跳。

「好好好～！接下來我也要拍～！欸，海，反正是順便，我們也擠進去拍吧！」

「真不知道哪裡順便了……不過從某個角度來看，這應該也是很好的回憶吧。來吧，關也過去。」

「好啊。喂，機會難得，新田也來吧。」

「咦？事到如今我是無所謂，可是這樣要由誰來拍……啊，那邊那位大姊姊，可以麻煩妳嗎？」

「我明白了。小事一樁。」

新田同學把所有人的手機都交給湊小姐後，自己也擠了進來。

這樣一共有七個人。要好好把每個人都拍進去就得擠在一起，這樣很累，可是也很開心，所以沒問題吧。

「好的，那麼我要拍了。呃，這個時候要喊什麼……」

「這種時候，大姊姊愛喊什麼都可以。妳隨意說些什麼我們都會配合。」

「是嗎？那麼──」

一群高中生熱鬧的聲音迴盪在下雪的聖誕夜裡。

如今已經把自己的心情做個了結，話雖如此，由於派對還會持續一陣子，所以我向爸媽道謝之後，和他們四人一起回到會場。

派對方面由於有智緒學姊繼續確實指揮大家，所以並未發生什麼大麻煩，順利進行事先安排好的每一個節目。

像是意外難得的與外校學生交流，以及準備的獎品有點豪華的賓果大賽等等，雖然都是很老套的節目，但是參加者都很起勁，所以身為幕後人員再高興不過。

熱鬧的時間轉眼間就過去，到了晚上八點，派對宣告落幕。

「──好的，那麼我們這部分的收拾工作已經結束，工作人員也可以解散了。各位同學，非常謝謝大家一直以來的幫忙。」

據說之後可以交給業者收拾，我們總算卸下幕後工作的任務，恢復自由。

有些學生提出「明年請務必舉辦」的意見，不過就近看著智緒學姊四處奔走，就會覺得下次不要當工作人員，而是想以來賓的身分參加。

「海，久等了。」

「嗯。收穫如何？」

「大豐收。只要重新熱過就可以吃了。」

如此說道的我提起雙手的紙袋給她看。是今天的派對上端出來，沒人碰過就這麼剩下的餐點與飲料的一部分，經過智緒學姊的同意才收下。

包括聖誕節必備的炸雞，以及其他菜餚的開胃菜拼盤，飲料有超市裡幾乎看不到的玻璃瓶裝可樂等等，讓我們彷彿小孩子一般大為興奮。雖然我與海確實還是小孩子。

看樣子即使沒有特地追加餐點，預計在我家舉辦的續攤有這些就夠吃了。

「……對了，海，其他人呢？好像都沒看到。」

依照計畫，這次臨時參加我家全家福拍照的天海同學、望，還有新田同學也都會參加續攤，在我去拿這些餐點的同時，四個人應該會一起等我。

「啊……呃，夕和新奈說要兩個人去ＫＴＶ，關被會長找去便消失無蹤。」

於是，只有海一個人在等我。

「這、這樣啊。」

「嗯、嗯。」

他們的意思多半是「你們兩位慢慢聊」，但是這樣一來，裝滿兩個大紙袋的餐點就得兩個人吃完才行……算了，也罷。

「那……總之先去我家吧。」

「嗯、嗯……啊，在這之前，可以先去我家一趟嗎？穿禮服好累，我想換上輕鬆一點的衣服。」

「知道了。那麼順便和空伯母打聲招呼吧。」

就是這樣，我們即將迎來只有我們兩個人的聖誕夜。

有淚水，有歡笑，把感情全都發洩出來，最後還把朋友也拉進來拍下紀念照，但是這些終究只是暖場。

該進入重頭戲了。

我為了再借一下海前往朝凪家，但是在玄關迎接我的人不是空伯母，而是她的哥哥陸。他穿著與上次見面時相同的家居服，頭髮一樣亂糟糟的。

這讓我稍微有點放心。

「如果要找我媽，她剛才出門了。說是要和最近認識的朋友……好像啦，一起去喝酒。那個老太婆也不想想自己一把年紀了，還這麼興奮。」

「啊……是這樣嗎？」

而且也有收到傳話：「借一下真咲太太喔。」所以想必現在正和媽媽兩個人在夜晚的街上到處晃到處喝吧。

媽媽二話不說便答應我的任性要求，即使是這樣，這一天她應該也有各式各樣的情感在心中翻騰，所以我也希望能讓她好好發洩個痛快。

因為大人應該也需要時間整理心情。

爸爸那邊也一樣，他和湊小姐的關係應該也會從這一天開始，逐漸有所改變。

會解除現在的關係，變回只是上司和部下的往來呢？

還是爸爸會正視湊小姐的心意呢？

無論結果會是如何，這都不是我應該管的事。然而難得有這個機會，我希望能迎來對每個人來說都不壞的結局。

即使經過很長的時間，希望我今天的所作所為，對雙親而言、對前原家而言都能成為美好的回憶。

「那麼我有確實轉達了，我要回房間了。」

「啊，好的。謝謝你特地過來告訴我，陸哥。」

「……還好啦，這點小事沒什麼。那邊那個笨蛋就麻煩你了。」

陸哥雖然語氣冷漠，但是我認為他也有符合朝凪家風格的體貼。只要能找到工作就更完美了。雖然目前不太有這樣的跡象。

陸哥前腳剛走，換好衣服的海後腳就出來了。她穿著寬鬆的連帽T恤，底下則是長裙。這完全是居家服，然而這多半也表示我家對海來說，是個非常能夠放鬆的地方吧。

這樣讓我十分開心。

「那麼我們走吧。」

「嗯。」

非常自然地牽手的我與海離開朝凪家後，兩人靠在一起走在一如往常的夜路上。

派對時應該還在下的雪不知何時停了，從雲間探出頭的月亮淡淡照亮我們。

「海，妳從剛才一直在看什麼？」

「這個？是剛剛在派對會場大家一起拍的照片。要一起看嗎？」

「嗯。」

我的手機裡當然也有，但是現在的我想跟她把臉湊在一起，所以用海的手機來看照片拍得如何。

「……太好了。我有好好露出笑容。」

「嗯。這個真的很棒。這樣的照片可以好好留在相簿裡。」

海的手機裡有前原家三個人的照片，以及加入海他們四個人一起拍的合照，無論哪張照片都有露出同樣笑容的我。

以往的我不是那麼喜歡拍照。我對自己感到自卑，所以羞於把難堪的模樣暴露在別人眼前，而且一看到照片就會跟著想起當時的記憶。

可是現在不一樣了。

我的身邊有海。

我的臉——外表並不出眾，也許有些人會看不起這種還留有幾分生硬的笑容，但是她說非常棒。

既然她願意這麼說，我也不禁覺得再多留下一些紀錄或許也不錯。

「那個，海。」

「……什麼？」

「我喜歡海。」

離開朝凪家走了一小段路，我把現在的心意確實傳達給海。

以前海對我說「好喜歡」的時候就是在這附近，但是我並非特意挑選在這裡。單純只是碰巧，在我告白之時剛好走到這個地方。

「……這是指不只是朋友？」

「嗯。我希望能以男朋友的身分好好愛妳。」

這是我在第一次約會時說不出口，結果拖到現在的話語。

當時的我既緊張心跳又快，但是現在已經好好沉澱下來，只覺得胸口一股溫暖。

從握緊的手上明確傳來海的溫暖，我不想交給任何人。

海比任何人都讓我更想珍惜。

我希望成為對海而言比誰都重要的存在。

經過今天發生的事，這個心意變得更加強烈。

「我不知道接下來會遇到什麼事。隨著我們交往的時間變長之後說不定會吵架，也說不定會有不想看到彼此的臉的時候……可是，即使是那樣，我也會盡我所能去努力。」

為了讓我們不管到了什麼時候，一直維持照片裡的那種笑容，也許只能這麼做吧。如果往後也能一直維持這種平靜又甜蜜的時間固然很好，但是我想，人生就是會發生各式各樣的事情。

不只是我。大家都有自己的煩惱。有自己的辛苦。

無論是我、海、天海同學、新田同學、望，還有爸媽也是。

「所以……海，我希望能夠和妳成為男女朋友。雖然我現在還是個愛哭，愛撒嬌，靠不住的男生。即使如此，我還是會為了海努力。」

我牢牢握住海的手，把話說個清楚：

「海，謝謝妳不管什麼時候一直在乎我，看著我……我好喜歡妳。」

「…………嗯。」

聽到我的告白，海喃喃應了一聲，微微點頭。

這才發現海的眼眶已經濕了，聲音也帶著哭腔。

「海，妳哭了。」

「嗚……囉唆，笨蛋，笨蛋真樹……被你那樣告白，我當然會變成這樣啊。而且真樹自己明明也哭了。」

「是啦，畢竟我也是愛哭鬼……海，這邊。」

「嗯。」

我把紙袋放到地上，將海擁進自己懷裡。

終章

告白成功之後，接著按照約定完成嘴唇對嘴唇的吻，我與海正式成為男女朋友，以悠閒的腳步前往我家所在的公寓。

打從剛才我就覺得腳步有點不踏實。終於從緊張之中獲得解脫，以及成為了海的第一這件事，讓我非常開心。

兩人份的腳印踏在積了薄薄一層雪的路上。為了舉辦只屬於我們兩個人的餐會，我們回來前原家。

或許媽媽是為了我們著想，屋裡的暖氣沒關，房間裡很溫暖，餐桌也已收拾乾淨。

「嗯？真樹，桌上好像有紙條。」

「啊，嗯。多半是媽媽的留言……」

『礙事的人出門了，好好努力。媽媽。』

桌上留著這麼一張便條。看來在我找她出去之時，她就已經留下這張紙條，這似乎也表示本來就和空伯母約好了。

「真是的，多管閒事。」

「呵呵。可是很有真咲伯母的風格。」

雖然我有依照她的指示好好努力，而且也得到最棒的結果，所以等到媽媽回家，我打算說聲謝謝。

「好了，肚子也餓了，趕快來準備吧。」

「是啊。雖說是準備，也只是重新加熱餐點啦。」

帶回家的紙袋裝得滿滿的，我把裡面的餐點放到盤子上，就這麼放進微波爐裡。

我趁著加熱時把玻璃杯與其他餐具，還有出門前就準備好的蛋糕放到暖桌上。

由於本來想著需要五人份的餐點，帶回來的分量相當多。

「啊哈哈，感覺比想像中還多啊。這樣好像是特大碗。」

「就是啊。乾脆現在開始挑戰能吃多少？」

「好耶。還要一起拍個影片，把我們倒在炸雞前的模樣傳給夕他們，順便說聲：『都是你們害的～』」

「還要說是聖誕朝凪送來的聖誕禮物？」

「對對，吃剩的炸雞十人份。」

我們一邊說著言不及義的玩笑，一邊以合作無間的動作將餐點俐落地排在桌上。

「那麼，海。」

「嗯，真樹。」

「「……聖誕快樂。」」

我們碰響拿回來的玻璃瓶裝可樂，於是只有兩個人的小小延長聖誕派對就此開始。

「好了，那麼就來一邊看電視，一邊慢慢解決炸雞吧。」

「嗯。這是無所謂啦，可是。」

「嗯？可是什麼？」

「不……就是我們現在坐的地方，是不是有點小啊。」

面對面坐的話比較不會太擠，然而現在海卻依偎著我，坐在我身旁。

而且她的腳也放進暖桌裡，所以我這邊非常擠。

我幫海準備的座墊，孤零零地放在暖桌外面。

「這樣比較方便看電視啊。我們的確是兩個人擠在一個人的空間裡，所以也許小了一點啦……對吧？」

海邊說邊用手挽著我的手臂，往我身上貼得更緊。

……既然這樣我坐過去吧。我當然不會說出這種不解風情的話。

「是、是喔。我以為海搞不好會覺得很擠，不過既然妳說不要緊，那麼我也覺得現在這樣就好。」

「現在這樣『就』好？」

「……不，現在這樣『才』好。」

我努力不去意識難為情的感受，然而果然還是辦不到。

我想跟海靠得更緊。

我想更加陪在海的身邊，感受她的存在。

淡淡的洗髮精甜香。

靠在我身上的胸部柔軟觸感。

透過滑嫩肌膚傳來的體溫。

「海，我說啊。」

「什麼？」

「雖然我也不太清楚為什麼，不過……我覺得現在的海好可愛。」

看著海近在眼前的臉，我坦白說出感想。

……好可愛。

又大又圓的眼睛，小巧的鼻子，形狀漂亮的嘴唇。

一旦害羞立刻變紅的臉頰與耳朵。

摸起來很滑潤的黑髮。

這一切都很可愛，很惹人憐惜。

「這樣啊，好巧喔，其實我也在想著一樣的事。」

「……這麼說來，海果然也是？」

「嗯。」

海的眼睛直直望著我，臉頰微微泛紅說道：

「雖然不知道為什麼，但是我也覺得真樹現在比過去任何時候都要帥氣。不久前還哭得眼睛都紅了，好不容易整理好的髮型也被雪還有風弄亂。還、還有本來明明沒有那麼帥。」

「……最後那句話是多的。」

「嘻嘻，抱歉抱歉。可是即使如此，我卻沒辦法把視線從真樹臉上移開，想要更加黏在一起。想要真樹更用力抱緊我。想要真樹像剛剛那樣一直看著我的眼睛……這個。」

「……想要我那麼做，之類的？」

「……」

滿臉通紅的海什麼話都沒說，只是點點頭。

……好可愛。

這樣的女生竟然是我的女朋友，簡直像是在作夢。要是在這個時候醒來，發現「其實只是一場夢」，我大概會有好一陣子沒辦法走出自己的房間吧。

「海，妳可以捏一下我的臉頰嗎？」

「咦？嗯，可以啊……來。」

海照著我的話去做，有點用力地捏了我的臉頰。

「怎麼樣？」

「……會痛。似乎不是夢。」

「那是當然啊。真拿你沒辦法……啊，可是我也檢查一下吧。來，請。」

「我來捏嗎？我是沒關係。」

我按照她的要求，稍微出力捏了她柔嫩又光滑的臉頰。

「……痛。」

「是啊……等等，我們從剛才開始就在做什麼啊？」

「也是。就是因為不吃東西盡是在做這種事，才會被大家說是『笨蛋情侶』。」

「……也許吧。」

不過，最常這麼說我們的三個人現在都不在場，既然這樣，我們這種沒意義的互動再多一些也無妨吧。

因為我們已經不是「朋友」，而是「男女朋友」。

「海……那個，可以嗎？」

「……嗯，可以啊。」

於是我們和剛才一樣緊緊相擁，相互渴求，嘴唇與嘴唇再度疊合。

在只有兩個人的屋裡的祕密之吻，帶有淡淡的可樂甜香。

後記

首先感謝各位讀者拿起第二集。我是作者。

雖然距離第一集上市已經有點時間，但是能夠像這樣再度和各位打招呼，還是令我無比開心……話雖如此，在這之前我有幾句話想說。

我想各位讀者看到第二集的封面就會立刻發現，從這一集開始，負責插畫的老師將由本作第一集擔任插畫的長部トム老師，變更為接任的日向あずり老師。

看到各位讀者的感想，也能知道長部老師的插畫評價更在小說內容之上。因此在系列作剛開始不久的這個時間點進行變更，我個人也覺得非常遺憾，而且當初編輯部找我討論之後，坦白說我也非常煩惱。

關於變更的詳細狀況，我想還是不便多說，不過這是有著情非得已的理由，而且是在經過和長部老師以及編輯部好好商量過後才作出來的決定。所以這樣的請求或許有點任性，還請各位讀者能夠繼續給予支持與愛護。

那麼，接下來是其他方面的宣傳，如同之前已經公開的發表，關於《班上第二可（招募簡稱中），漫畫版將在《Alive+》開始連載。雖然可能有些讀者已經讀過負責漫畫版的尾野凜老師與Alive編輯部也都開過會，努力讓漫畫版也能呈現海與真樹之間的美妙氣氛，所以漫畫版的《班上第二可愛》也請大家能夠多多支持。

無論是要讓系列作得以長長久久，還是要實現漫畫化或作品ＰＶ等企畫，全都需要各位讀者的支持。書籍、漫畫版，以及網路版等等，整個系列我都會努力做好作者能做的事，如果可以與和各位讀者一起帶動整個氣氛，那就太令人開心了。

透過本集的上市，讓我體認到一本書的完成，都是多虧很多人的貢獻。書籍版方面有Sneaker文庫編輯部、責任編輯大人、日向あずり老師。漫畫版則有尾野老師與Alive編輯部。ＰＶ有為海配音的石見舞菜香小姐與為真樹配音的石谷春貴先生。然後還有所有相關人士，我要藉此機會向各位表達鄭重道謝。

還有長部トム老師。雖然只有第一集，還是非常感謝您在百忙之中擔任本作的插畫。

轉學後班上的清純可愛美少女，竟是小時候玩在一起的哥兒們 1~5 待續

作者：雲雀湯　插畫：シソ

一如既往的關係，渴望改變的心。
兩人的天秤在搭檔和女孩子之間搖擺不定——

隼人轉學過來後，春希的生活有了一百八十度大轉變，乖寶寶的「偽裝」逐漸瓦解。暑假結束後，春希的生活又有了新的轉變，因為沙紀從月野瀨轉學過來了。在隼人心中，她不是妹妹或朋友，而是「女孩子」——

各 **NT$220~270/HK$73~90**

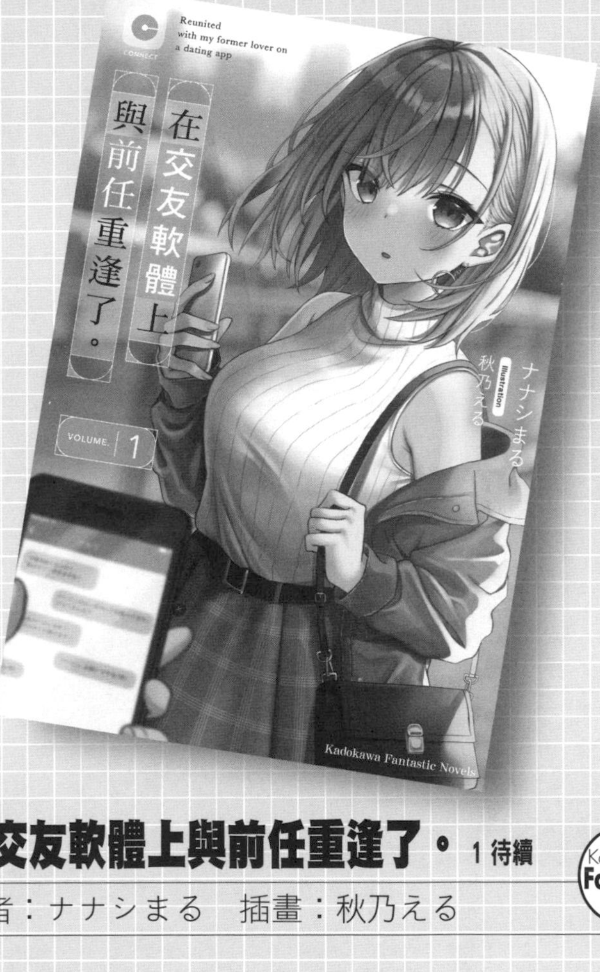

在交友軟體上與前任重逢了。 1 待續

作者：ナナシまる　插畫：秋乃える

交友軟體所揭示、命中注定的對象，
竟是已經疏遠的前女友!?

我在朋友的推薦下開始使用交友軟體，與其中一位女性相談甚歡，而且交友軟體顯示我們的契合度竟然高達98%！然而約會當天我在約好的地點見到的，卻是已經疏遠的前女友高宮光！除了她，我還配對到同校的邊緣人美少女——初音心。要回頭還是要前進？

NT$240/HK$80

不時輕聲地以俄語遮羞的鄰座艾莉同學 1~4.5 待續

作者：燦燦SUN　插畫：ももこ

政近中了有希的催眠術而成為溺愛系型男？
描寫學生會成員夏季插曲的外傳短篇集登場！

艾莉進行超辣修行而前往拉麵店，遇到一名意外人物？想讓艾莉穿上可愛的泳裝！解放慾望的瑪夏害得艾莉成為換裝娃娃？又強又美麗的姊姊大人茅咲，與會長統也墜入情網的過程——充滿夏季風情的外傳短篇集繽紛登場！

各 **NT$200~260/HK$67~87**

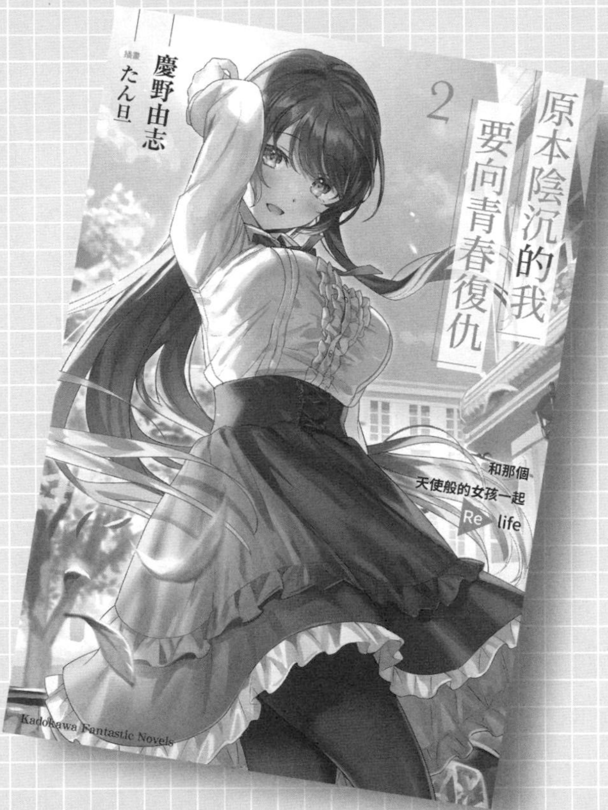

原本陰沉的我要向青春復仇 1~2 待續

作者：慶野由志　插畫：たん旦

一想到你的努力以最棒的形式得到回報，
我就覺得很高興……！

前社畜新濱心一郎穿越時空回到高二時期。享受著第二次青春的他在期末考前的某一天，自稱是春華青梅竹馬的御劍以挑釁的口氣表示「你這嘍囉別靠近春華，就以考試成績來一決勝負吧。」上輩子過著不斷失敗的人生，這次竟然要挑戰勝利階級的頂端——

NT$230~260/HK$77~87

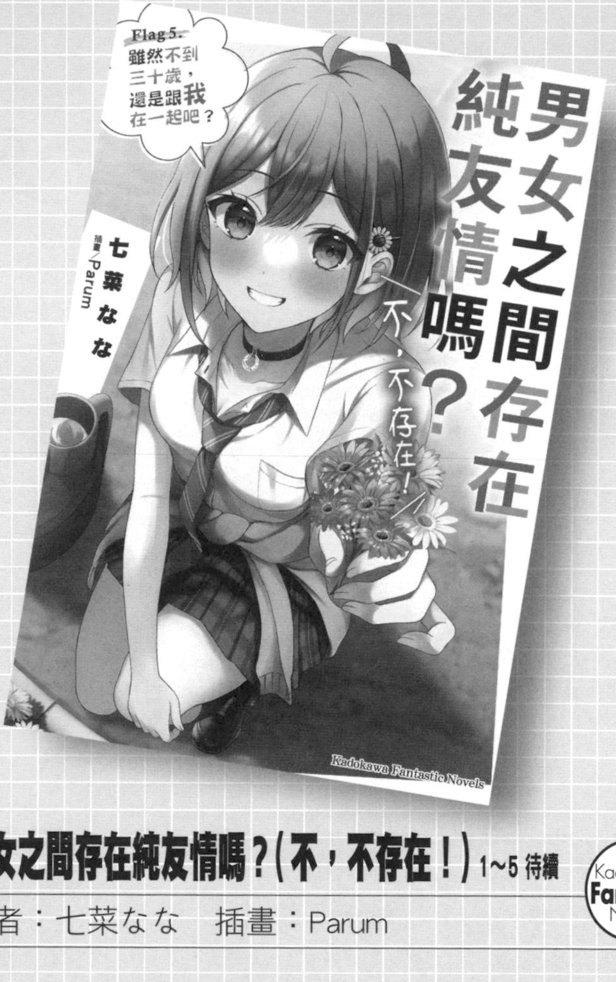

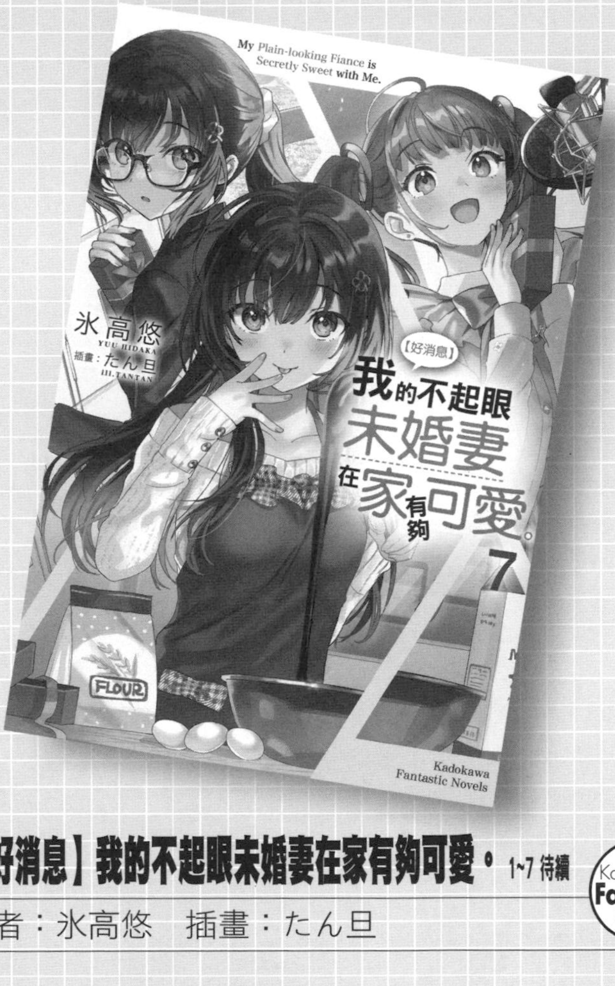

【好消息】我的不起眼未婚妻在家有夠可愛。 1~7 待續

作者：氷高悠　插畫：たん旦

情人節＆結花的生日將至，
我們也迎來了重大的「轉機」！

在同學們的推波助瀾下，結花在學校對我表白？我也要克服以往苦澀的回憶，往前邁進！結花作為「和泉結奈」有所成長，組成團體，發表新一屆「八個愛麗絲」。我和她之間笑容的軌跡終將開花結果！今後只要我們兩個在一起就沒問題！

各 **NT$200~230/HK$67~77**

國家圖書館出版品預行編目資料

我和班上第二可愛的女生成為朋友/たかた作；邱鍾仁譯. -- 初版. -- 臺北市：臺灣角川股份有限公司, 2023.11-

冊； 公分. -- (Kadokawa fantastic novels)

譯自：クラスで2番目に可愛い女の子と友だちになった

ISBN 978-626-378-163-4(第2冊：平裝)

861.57 112015444

Kadokawa Fantastic Novels

我和班上第二可愛的女生成為朋友 2

（原著名：クラスで2番目に可愛い女の子と友だちになった 2）

2023年11月8日　初版第1刷發行

作　者：たかた
插　畫：日向あずり
譯　者：邱鍾仁

發行人：岩崎剛人
總編輯：蔡佩芬
副主編：楊鎮遠
美術設計：莊捷寧
印　務：李明修（主任）、張加恩（主任）、張凱棋

發行所：台灣角川股份有限公司
地　址：104台北市中山區松江路223號3樓
電　話：（02）2515-3000
傳　真：（02）2515-0033
網　址：www.kadokawa.com.tw
劃撥帳戶：台灣角川股份有限公司
劃撥帳號：19487412
法律顧問：有澤法律事務所
製　版：尚騰印刷事業有限公司
ISBN：978-626-378-163-4